新 潮 文 庫

コ ン セ ン ト

田口ランディ著

新 潮 社 版

8283

コンセント

1

不快な目覚めだった。

エアコンが強すぎたらしい。咽《のど》の粘膜がひりひりして吐き気が込み上げてくる。

隣に寝ている男を起こさないようにシーツから抜け出し、冷蔵庫からミネラルウォーターを取り出して一息に飲んだ。怠《だる》い。飲みすぎた。身体《からだ》が酒を分解できずにもがいている。

仕事鞄《かばん》から眼鏡とノート型パソコンを引っ張り出した。アダプターを繋《つな》いで、ラブホテルの床を這《は》い回りようやくテレビの裏に空いているコンセントを見つけ、接続する。動いていると気が紛《まぎ》れるのか吐き気を感じない。ベッドサイドの電話をひっくり返し、モジュラーをパソコンの内蔵モデムに繋ぐ。電源を入れると、ウィーンというかすかなモーター音とともに、パソコンが起動し始めた。

この瞬間が好きだった。画面にライトが灯《とも》り、カチャカチャとせわしなくハードデイスクが働き始める。まるで命を吹き込まれたみたいだ。

「働け、働け、小人さんたち」

床にぺたんと座ったまま前かがみにキーボードを叩《たた》いていたら、男に呼ばれた。

「何してるの？」

悪戯《いたずら》を見つかったみたいでなぜかバツが悪い。

「ちょっとね」

振り向くと男は裸の上半身をモソモソと起こして私のほうを見ている。

「パソコン？」

「うん。前の相場の動き見たいなと思って」

男は中指で目頭を押さえてぐりぐりしている。私と同じように二日酔いなんだろう。

「仕事？」

「まあ、そんな感じ」

寝てればいいのに、と思う。邪魔されたくない。

「株って、俺、全然わからないけど。面白い？」

よく聞かれる質問だ。株って面白いの？　面白いに決まっている。この世界の裏側を動かしているシステムなのだ。それを知らずに平気で生きているほうが私には不思議だ。

「面白いっていうか、変だよ、すごく。相場って動かしてるのは男の人なのに、ヒステリックな女みたいに感情的なの。上がり下がりが激しくて少しの刺激でカッとなって、そのくせ勘がよくて未来を予知したり、世界規模のシンクロニシティを起こしたりする。経済ってけっこうオカルトかも」

ザラザラと無数に並んだ数字を眺めていく。一見、ただの数字の羅列だけれど、毎日相場を見ていると、この数字の中のある並びに時々ひっかかる。なだらかで美しい芝生の一カ所だけが逆目になっているような、そんな感じ。それを発見するのが楽しい。床に腹ばいになってパソコン画面に見入っている私の後ろで、男は裸で途方に暮れているみたいだった。

「なあ……」

男が呟《つぶや》く。

「なあに？」

「俺さあ、遊びのつもりじゃないから」

私は顔を上げて男の顔を見た。男はベッドに上半身を起こし、呆《あき》れるほど真剣にこちらを見ている。ちょっと悲しげな間の抜けた顔。斜め四十五度に傾けた頭といい、裸のなで肩の線といい、迫真の演技中のダスティン・ホフマンみたいだ。

私はぷっと吹き出して、笑いをかみ殺しながら言った。

「やめてよ、バカらしい」


結局、明け方に二度寝をしてしまった。

男は撮影があると言って、こうるさいほど私を気遣いながら朝八時に出て行った。私はベッドの中で手を振った。一人になったら急に眠くなって、ラブホテルのモーニング・コールで起こされるまで熟睡した。

ホテルから出ると蒸れた熱気がアスファルトの地面から立ち上がっている。そういえば今日から八月だった。暑い。夏の街は熱帯果実の匂《にお》いがする。駅に向かって歩きだすと下半身がすうすうする。空気が染《し》みるような感じ。激しい性交をした後はいつもパンツを穿《は》き忘れたような気分になる。スカートの中がひどく無防備で剥《む》き出しな感じだ。

男は何かを確かめるみたいに明け方また挿入してきた。

二日酔いのせいかなかなか射精しない。貪《むさぼ》るように腰を擦《こす》りつけてくる。前夜よりもずっと激しくて支配的なセックスだった。私は男にしがみついていくらでも受け入れた。男の欲情がじんわりと身体の中を這い上がってくる。それをじっと待っていれば男に共鳴していくらでもイケる。

幾度となく私が絶頂に達しても、男は果てない。痙攣《けいれん》している私の膣《ちつ》をゆっくりとこねていく。男の動きに呼吸を合わせていると新しい快楽の波が寄せてくる。

「抱かれてる時は別人みたいだ」と言われる。そうかもしれない。欲情が去ると私はまるで男に興味がなくなるのだ。


吉祥寺《きちじょうじ》のマンションに戻ったらもう午後だ。

渋谷の街を歩いただけで汗だくになった。ぬるいお湯に浸《つ》かってアルコールを抜きたかった。バスタブに湯を張る。ざあざあという水音がだんだん頭の中いっぱいに溜《た》まっていき、怖くなる。自分まで流れていきそうだ。

なぜ、木村と寝てしまったのだろう。ゆうべの記憶がところどころ消えている。新しく立ち上がるオンライン証券会社の取材を終えてから、カメラマンの木村を食事に誘ったのは私だった。そのままバーを何軒か梯子《はしご》して、泥酔《でいすい》して円山町のラブホテルまで行ってしまった。

ざあざあざあ。考えが頭から溢《あふ》れ出してまとまらない。ぼんやりと溜まっていくお湯を眺めていたら、電話が鳴った。

はっと我に返り、慌《あわ》てて受話器を取ると、不愉快なほど強引に言葉がねじ込まれてきた。

「タカが死んだぞ」

父の声だった。

一瞬、床がぐにゃりとやわらかくなって、そのまま自分の重みでずぶずぶと落っこちていく。

「いつ？」

と聞くと、父は「知らん」と答える。「腐ってドロドロでもうわからない」と呟いた。

「とにかく、すぐに帰ってこい。いいか、ぐずぐずするなよ、こっちは大変なんだ」

慇懃《いんぎん》に叱咤《しった》する口調で、電話は一方的に切れた。

私は受話器を置いて椅子《いす》に座った。頭の中が洪水になって考えが全部流れ出てしまう。ざあざあざあ。何も感じない。ひどく透明な気持ちだった。

兄が死んだのだ。

息はまだ酒臭くて、こめかみがズキズキと痛んだ。頭の中の血管が収縮してヒクヒク痙攣する。

とにかく、兄が死んだのだから、家に帰らなければならない。

クリーニングのカバーから喪服を取り出して荷造りした。仕事先にファックスを送って、化粧をし、戸締まりをしてのろのろと鍵《かぎ》をかけた。部屋を出て驚いた。外はすでに夏の夕暮れを迎えていた。駅前に続く商店街の居酒屋からは焼き魚の匂いがする。夏休みの子供たちが連れ立ってそぞろ歩いている。死と無関係に世界は気持ちのよい黄昏《たそがれ》だった。時間の感覚がズレている。眩暈《めまい》がした。まるで私だけ白黒の世界に入り込んでしまったみたいだ。

兄は二カ月ほど前から行方不明になっていた。

兄の死を、私はひどく冷静に受け入れていた。こうなるような気がしていた。そう思った。

もしかしたら兄はゆうベラブホテルの天井にぽわんと浮かんで私のセックスを見ていたかもしれない。死んで最期《さいご》のお別れにきたら妹は泥酔して男に抱かれているのだ。

抱きしめた男の肩越しに見上げると、無表情の兄と目が合う。ぞっとした。そんな恐ろしいことがないように、私はいつも目を閉じて男と寝るのかもしれない。

2

甲府盆地にほど近い山あいの駅に着いたのは夜八時頃だった。

四方の山が闇《やみ》だまりになって黒く街を取り囲んでいる。

タクシーに乗ろうと思ったのに、タクシーが一台もいない。ひと気のない駅前のロータリーを横切って、私は実家までの道を二十分ほど歩くことにした。

駅前にはさびれたスーパーがある。昔は流行《はや》っていたのだが、駅の反対側に大きなショッピングセンターができたために、かつての商店街はすっかりさびれてしまった。

私が子供の頃にこのスーパーは一度火事になった。夜を焦《こ》がすように火の粉が上がり、私は兄や近所の人たちといっしょに、闇が燃え上がるのを見た。

スーパーの横を線路沿いに歩くと道はだんだんと細くなり、市街地をはずれてついに田んぼになる。かつての農道はきれいに舗装されて、ぽつんぽつんと灯《あか》りもあった。

周りは山に囲まれたわずかな水田地帯で、草いきれでむせかえるようだ。顔にぶつかる小さな蛾《が》を追い払いながら私は歩みを速めた。

高校の部活の帰り、自転車でこの道を通った。油の切れた前輪のギシギシとした回転音や、恥骨に伝わってくる畦道《あぜみち》のデコボコが鮮明に蘇《よみがえ》る。

私は誰だろう。今朝方まで渋谷のラブホテルにいた私、金融雑誌の雇われライターの私、締め切りを気にしながら仕事先にファックスを送っていたのは本当にこの私なんだろうか。現実の生活が夢のように曖昧《あいまい》になっていく。繁茂する植物の匂いに過去の記憶が蘇る。かつてこの土地に暮らした私。この道を歩いた私が目覚めている。湿気を帯びた真夏の闇が皮膚にまとわりついてくる。無数の虫たちの鳴き声。闇に潜む生物の息遣い。何も変わってない。

兄もよくこの道を通学路に使っていた。

高校生の頃だ。田んぼで遊んでいると兄が学校から帰ってくるのが見える。私と兄は十も年が離れていたので、私はたぶん六歳くらいだったのだろう。兄はいつも目を吊《つ》り上げ、前屈《まえかが》みに怒ったように歩いていた。私が覚えている兄は、もうあの頃からどこか別の世界を生きているように見えた。

そういえば私には子供の頃の兄の記憶があまりない。断片的な出来事なら思い出せる。でも毎日どのように寝食を共にしていたのかが思い出せない。食卓に兄はいただろうか。いたはずなのだが、見えない。

私が覚えているのは、兄から受けたいじめの記憶だ。

幼い頃、兄にはずいぶんいじめられた。

学校から帰ってくると「ユキ、プロレスごっこしよう」と言う。

四の字固めだの、コブラツイストだのと言ってはまだ幼い私を組み伏せた。痛みに泣き叫んでもやめてくれない。一度、股関節《こかんせつ》を脱臼《だっきゅう》したことがあった。

最初は遊びなのだ。遊びで始まったことがいつしか本気に変わっている。そういうことがよくあった。ある瞬間、スイッチが入ると兄は歯止めがきかなくなり形相が変わる。最初は笑っていても、いつしか寡黙《かもく》になる。無表情になり殴り続ける。見開かれた眼。焦点の合わない黒目。私を見ていない。何も見ていない。えたいの知れない恐ろしいものに支配され、殴り続ける。そういう時、この人に殺されるかもしれないと思った。

灯りの途切れた畦の闇に白い影が動く。

一瞬、恐怖で歩みが止まる。

おそるおそる目をこらすと草むらから一匹の犬が現れた。

シロだ、と思った。子供の頃ほんの少しの間だけ兄が飼っていた犬だ。頭のいいメスの野良犬《のらいぬ》だった。どこからか兄が拾ってきて、家の縁の下に住みついた。小遣いを削って魚肉ソーセージを与え、兄はシロをずいぶんと可愛《かわい》がっていた。

まさかと思う、シロは死んだのだ。

ある日、泥酔して帰ってきた父が兄の目の前でシロを撲殺した。サカリがついたシロは茶色いオス犬と交尾していた。父がそれを見てひどく怒りだし、兄のバットで二匹の犬を殴りつけた。日曜日の真昼間だった。父は前夜から近所の家にあがり込んで酒を飲み続けており、完全な泥酔状態だった。シロはオス犬と繋《つな》がったまま鳴いて逃げ惑い、父からもう一撃くらった。シロの鳴き声を聞きつけて兄が家から飛び出してきた時、シロは兄を見ても唸《うな》り、逃げようとした。脅《おび》えた目で後ずさり、そして倒れて息絶えた。

この犬がシロであるはずはない。

あれはもう二十年以上昔のことだ。犬は私のほうを一瞥《いちべつ》してから、足音も立てずに農道を先に歩く。私は犬の後を追う。

この先には小さな無人踏切りがある。事故が多いので人食い踏切りと呼ばれていた踏切りだ。その踏切りを渡り、左に折れて川沿いの畦道を通ると、さらに暗い道だが家までは近道だ。

この踏切りで少女が自殺した。

他校の生徒だった。顔だけは知っている。顔の真ん中にソバカスを散らした普通の女の子だった。その朝は私たちの修学旅行の日で、女子高校生を鮨詰《すしづ》めに乗せた電車を目がけてその子は身を投げたのだ。噂《うわさ》ではウチの生徒に恋人を取られた腹いせだという。本当かどうかわからない。

以来、この踏切りには少女の幽霊が出るとみんなが恐れた。バラバラにもぎとられた腕の一本が発見されなかった。野犬が拾って食べてしまったのではないかと町の人たちは言っていた。戻らない腕を探して、少女はさ迷っているらしい。

無人踏切りの赤いランプが点滅している。

線路を伝う電車の振動が空気を揺らす。シロは踏切りの前で私を振り返り、一声吠《ほ》えた。そして踏切りを越えてあっち側へ駆けて行く。

シロを追おうとした瞬間、カンカンとけたたましく鳴る警鐘が私の身体《からだ》をこちら側に引き止めた。

踏切りの向こうの闇にすうっと、シロに寄り添うように人影が見えた。どこからともなく現れた人影にシロは夢中で尻尾《しっぽ》を振っている。

「お兄ちゃん?」

私は叫んだ。

「お兄ちゃんなの」

私の声は警鐘に遮られてあっち側には届かない。人影はこちらを振り向かない。だけどあの痩《や》せた猫背の後ろ姿は兄に似ている。踏切りを渡ろうと思うのだが、頭の隅に血まみれの少女の亡霊が見え隠れする。人食い踏切りに引き込まれそうで怖い。

「お兄ちゃん」

もう一度呼ぶと、人影はゆっくり振り向こうとした。

その途端、轟音《ごうおん》が響き、電車がいきなり私の視界を遮る。まぶしい車内灯が闇に慣れた目をくらませる。

視界から電車が去った後には、もうシロも兄の姿もなかった。

「ねえ、無人踏切りのところで、お兄ちゃんを見たよ」

実家の玄関で靴を脱ぎながらそう言うと、奥から出てきた父がいきなり私の胸ぐらを摑《つか》みあげた。

「ふざけたことを言うんじゃない」

父の息はすでに酒の匂《にお》いがした。

「あいつは死んだんだ、死んだんだよ。俺はこの目で見てきたんだ。あいつはな、ドロドロに腐って溶けてたよ。顔なんかなあ、ふた目と見られたもんじゃなかった。ひでえもんだった。目玉から蛆《うじ》がわいてたよ。そりゃもう情けない死に様だったよ」

そう言って、父はわあわあと男泣きに泣きだした。

「遺体は？」

と母に尋ねると、母も涙声で、

「病院」

と答えた。

「死因は何だったの？　自殺？」

母は首を横に振る。

「自殺じゃないの？　じゃあなぜ……」

母はもつれたような口になり、父のほうを見た。父は廊下に膝《ひざ》をついたまま俯《うつむ》き、嗚咽《おえつ》している。私は薄暗い実家の玄関に立ったまま、居心地の悪い沈黙のなかで思い出していた。そうだ、この人たちは肝心なことは何も言わないのだった。

3

最初に死体を発見したのは、不動産屋の女性事務員だった。

六月の頭に兄が部屋を探しにきた。身なりはみすぼらしかったが応対は礼儀正しかった。陽当《ひあ》たりの良い二間の部屋を借りたいと言い、物件を見てすぐに契約した。部屋を借りる際に、一カ月分の家賃を前払いした。だが、翌々月からもう家賃の振込みが途絶えた。部屋を管理している不動産屋が不審に思い、女性事務員が兄の部屋を訪問した。

部屋の前に立つと、奇妙な臭《にお》いがしたそうだ。

魚の腐ったような臭いだったと事務員は言っていた。部屋の中で動物でも死んでいるのかと思った。部屋には未《いま》だ表札もかかっていない。人が住んでいる気配がしない。まだ引っ越してきていなかったのかと訝《いぶか》った。

事務員は合い鍵《かぎ》を使ってドアを開けた。

開けた途端に凄《すさ》まじい異臭が吹き出してきた。思わず口を押さえたがこらえきれずに吐いた。何か大変なことが起こっているのだと感じた。玄関は六畳の台所に続いている。覗《のぞ》き込むと台所のPタイルの上に人間が倒れている。タイルの上に赤黒い血の塊《かたまり》ができていた。激しい嘔吐《おうと》が込み上げてくる。事務員は部屋の扉を閉めて苦い胃液まで吐き続けた。そして泣きながら事務所に駆け戻った。

不動産屋によって警察が呼ばれ、父が呼ばれ、そして父から、妹である私のところに電話がかかってきたのは、八月一日の午後三時だった。

司法解剖の結果、兄の死因は急性心不全と判定された。真夏の暑い室内で衰弱死したのだろうと両親は警察から説明された。

実家に戻った翌日、父に案内されて、いっしょに兄の部屋に行った。

父は朝から酒を飲んでいる。酒気帯びで運転できないので二人で電車を乗り継ぎ、中央本線沿線の殺風景な駅で降りた。

ひどく暑い。炎天下、コンビニで花とそれから兄の好きだったコカ・コーラを買った。

父は無言で私の前を歩く。父はいつも頭の中で誰かとしゃべっている。父が無言なのはもう一人の自分と会話しているからだ。時折「ちぇっ」と舌打ちしたり、「ふざけやがって」と吐き捨てるように言う。嫌なことが起こった時、父はいつも最悪の考えに支配されている。エンドレスに頭の中で良くない考えを呟《つぶや》き続けている。そういう時、私の姿は見えないらしい。

駅前の商店街を抜けて閑散とした住宅街をしばらく歩くと、奇妙な臭いが漂ってきた。

ふと、まさかと思った。小さな稲荷《いなり》神社の角を折れると臭いはますますひどくなる。魚の腐った臭いだ。鉄筋の真新しいアパートの前に立つと、近所の住人が窓や戸を小さく開けて、こちらを覗いているのがわかった。みんなハンカチやタオルで口元を押さえている。

「ここだ」

と父が一階の道路側の部屋を指さした。

部屋の前に立つだけで吐き気がするほど臭かった。人間が死ぬとこんなに臭いものかと驚いた。

ドアを開けると、おびただしい量のどす黒い血液が、台所のPタイルの上にゼリーのように凝結していた。その、血のゼリーの中を蛆がぴたぴたと這《は》っていた。

人間の腐敗臭は、腐った鮪《まぐろ》の血合いに似ていた。

私は人の形に溜《た》まった血の塊に圧倒された。そこには確かに兄の姿の痕跡《こんせき》があった。臭いとか、汚いとか、そんな日常的な感覚はすっとんでしまって、真夏の蒸し暑い台所の血溜まりの前に座って、兄が好きだったコカ・コーラのプルリングを引き抜いていた。

きっと兄が最後に飲みたいと思ったのはコーラだ。コーラ中毒で水がわりにコーラを飲んでいた。飲みすぎて歯が溶け出していたほどだった。缶コーラとコンビニで買った安物の花を血溜まりの脇《わき》に置いて手を合わせた。

「ひどい臭いだ。お前はよく平気でいられるな」

父は手ぬぐいで口と鼻を覆《おお》って、乱暴に部屋の窓を開けようとしていた。

「だめだよ、開けては。臭いがよけい近所に漏れる」

「だってお前、臭くっていられねえよ」

父はこらえしょうもなく、俺は外で待つと言う。

私は一人で、殺風景な部屋を見回した。いったいこの部屋で兄に何が起こったのか、それを知る手がかりが欲しいと思った。

死んだ兄の部屋で、最初に目についたのは、掃除機だった。掃除機は六畳間の柱に立て掛けてあった。今、まさに掃除を始めようとしてコンセントに繋がれた……、そんな感じだ。

掃除機の側《そば》に、新品のポリバケツが置いてあった。バケツの中には住まいの洗剤マジックリンとトイレ用スポンジとぞうきんが入っていた。トイレの中には、ビニール包装されたままのトイレカバーが置いてあった。流しの上にはママレモンが置いてあった。風呂場《ふろば》には掃除用のブラシとプラスチックの風呂桶《おけ》が、まだ値札をつけたまま置いてあった。

物は不変に存在し続けていた。唯一《ゆいいつ》の有機体である兄だけが死んで変化したらしい。

兄はこの部屋を自ら借りた。駅からは遠いが陽当たりの良さが気に入ったのかもしれない。そして、ある天気の良い日に引っ越し前の掃除にやってきた。掃除用具を近所のコンビニで買い込んで、雨戸を開けて、掃除機を組み立て、コンセントに差し込み、さて、掃除をするかと思った時、兄に何かが起こった。そして、彼は掃除をやめてしまった。

何が起こったのか、彼はなぜ掃除をやめてしまったのか、彼が死んだ今となってはわからない。

兄は、コンセントを繋《つな》いだ掃除機をそっと柱に立てかけた。そして、そしてどうしたのだろう。きっとごろんと横になったのだろう。

もしかしたら日が暮れるまで茫然《ぼうぜん》と横になったまま窓から外を眺めていたのかもしれない。

夜になって、暗くなってから兄は買ってきた裸電球を点《つ》ける。

それから、窓を覆うはずだったカーテンを畳の上に布団《ふとん》がわりに敷き、再び横になった。朝になるまでそうしていたのか、それともお腹《なか》がすいたので買い物にでも行ったのか、それともうとうとと眠ってしまったのか。とにかく兄は、何もせずにただ漫然と、何日かその状態で過ごしたらしい。

まるで、ある瞬間から生きるのをやめてしまったように。

七月の蒸し暑い部屋の中で、兄は生きるという営みを放棄した。外の視線が気になったのか、猛暑の中、彼は雨戸を閉める。そして蒸れ切った部屋の中でただ漫然と棲《せい》息《そく》し続けた。時折、夜になると部屋を出てコンビニまで歩き、マンガ週刊誌とカップラーメンを買った。寝床がわりのカーテンの横に、数十センチの高さで積まれたマンガ雑誌。その号数を読み取ると、彼はほぼ三週間ほど前まで外出していたことがわかる。

いつしか所持金もなくなった。外出することもなくなって、そのまま、暗い部屋の中で兄は何をしていたのだろう。

兄が部屋に運んでいたのは三十枚ほどの音楽CDだけだった。CDウォークマンが枕元《まくらもと》に置いてあった。死ぬ間際《まぎわ》まで兄が聞いていた音楽はモーツァルト。不思議だ。兄はジャズが好きだったのに。

兄はたぶん、暑さと飢えのために急速に消耗していったのだろう。しかし、なぜ暑さと飢えに耐えながら兄はこの部屋に閉じこもっていなければならなかったのか。

押し入れに、兄の簡単な衣類と小銭入れがあった。数枚のシャツと下着がスポーツバッグの中に丸められていた。なぜ着替えを用意していたのだろう。着替えを持ち込んで、この何もない部屋で生活を始めようとしていたのだろうか。

兄はここ数年、実家の両親と暮らしていた。自分の家財道具を持っていない。だとしたら、寝て死を待つことが兄の目指した生活だったのだろうか。

バッグの中に小銭入れが入っていた。中には十三円入っていた。たぶんこれが兄の死んだ時点での全財産だ。兄は無職だった。社会生活から遠ざかって五年になる。どうやって暮らすつもりで、兄はこのアパートを借りたのだろうか。何の目的でここに移り住んだのだろうか。死ぬための部屋とは思えない。まるで新婚家庭のように小奇麗な部屋だ。

兄の寝床となったカーテンには、寝姿通りの皺《しわ》が残っていた。コンビニのビニール袋がゴミ箱がわりに使われていた。中を調べると、ティッシュに吐かれた消化されていないヌードルだった。暑さのために衰弱して食べたものを吐いたのだろう。

目覚まし時計が一つ、兄が死んだ今でもコチコチと時を刻んでいた。

よくよく見るとその時計は私のものだった。四角い金メッキの小さな目覚まし時計だ。中学時代に作文コンクールで入賞し、ライオンズクラブからもらったものだ。もうすっかりメッキも剝《は》げている。十五年も昔の時計だ。たぶん実家にあったものを兄がもってきたのだろう。

時計を手にした。この時計は十五歳だった私の元にやってきて、兄の死を目撃し、そしてまた三十歳になろうとする私に戻ってきた。こんな小さな一個の時計が兄の死に寄り添うように時を刻み続けていたのだ。

私は兄の少ない荷物をまとめ、時計は自分のバッグにしまった。物質は記憶をもっているだろうか。兄の死の間際の思念がこの時計に宿っていないだろうか、そんなことを考えながら。

再び実家に戻ると、葬儀屋の男がきていた。

黒い背広に黒縁の眼鏡をかけた五十歳くらいの小太りの男だ。母親が帰ってきた私をすがるように見る。母親は廃人同然で何の決断も行動もすることができない。ただもう鼻にハンカチを当てたまま、泣き暮れているばかりだった。

葬儀屋というのは、残された遺族にうんざりするような現実的な決断を迫る。彼は無表情に言った。

お気持ちはお察しいたしますがとにかく葬儀を行わないわけにはいかないのです。そして、それは早くしなくてはいけない。なぜならお兄様の遺体はひどく破損していて腐敗が進んでいる。今は真夏だ。ドライアイスで保存するにも限界がある。さらにひどく腐らないうちに火葬しなければなりません。

それを聞いて母親は半狂乱になって泣きだした。

宗教は何か、葬儀の予算はいくらか、参列者の人数はどれくらいか、参列者はどこからくるのか、宿泊先はどうするのか、葬儀というイベントの段取りを、葬儀屋は強引に進めていく。その強引さが気持ちよかった。さすが商売だなあと思った。慣れているのだ。このように進めてもらわなかったら遺族は何ひとつ決断できないだろう。

「火葬場でのお弁当ですが、松、竹、梅とありますが……」

「竹と梅の違いって何ですか?」

と私が聞くと、葬儀屋は私の顔を見てにっこりと笑った。

「竹にはエビフライが入っているんですよ」

「香典のお返しは三千円コース、五千円コース、一万円コースとありますが……」

ひとつひとつを決断しながら、なんとか現実に繋ぎ止められる。そうだ現実というものがあるのだ。生きている人間は現実という世界で生活をしなければならない。そのことを思い出す。葬儀屋というのはある意味ではありがたい存在かもしれない。ひどく動揺することが起こった時、現実的な雑務に追われるのは救いだ。人の生き死に関係なく竹の弁当にはエビフライが入り、梅には入らない。

葬儀屋の男はさすがに葬儀慣れしているだけあって、言葉の使い方が慎重だった。彼のお悔やみは心に響いたし、不用意に遺族の心情を逆なですることは決してなく、いい意味でビジネスライクだった。彼はその職業的直感で、この家で唯一冷静に社会的判断ができそうなのはこの気の強い小娘であろうと判断したようだった。だから葬儀の段取りはすべて、私と葬儀屋の協議によって決定されていった。

通夜《つや》から葬儀までの二日間、私は葬儀屋と奇妙な仲間意識で結ばれて過ごした。不思議なことにその二日間はなにかこう心休まる二日間だった。親といるよりもずっとほっとした。葬儀屋といっしょにいるほうが、父や母と過ごすより遥《はる》かに気が楽だった。

プロというのは、こういうものなのかもしれないと思った。兄の遺体は特殊だったので、葬儀代はけっこう高くついた。でも私は葬儀屋に感謝し、葬式代はちっとも惜しくなかった。それまで、葬式ほど無駄なものはないと思っていたのに。

「私ね、兄の遺体を見たいんだけど……」

通夜の前に、私はこっそりと葬儀屋に言った。

「お嬢さん、それはやめといたほうがいいですよ」

葬儀屋は言った。

「この仏様、もうすでに腐りかけています。人間の形をしていませんよ」

「わかってるけど、私は見てみたい。どういう状態だったのか、どうしても見ておきたい」

するとまた男は言った。

「私はこの仕事を三十年やっていますけどね、その私が言うんですからやめたほうがいいです。悪いことは言いません。見ないほうがよろしい」

「なんで？　だってあなた方は見たでしょう。なんで私は駄目なの」

「私は他人ですから。他人にとって仏様は物ですが、お嬢さんは肉親ですから、一生後悔しますよ。見るのはおよしなさい」

「全然理由になってないよ。なんで肉親だと後悔するの？　私は大丈夫、最後に兄の姿を見ておきたい」

「おやめになったほうがいいです。毎年、盆にはお迎えしなくてはなりません。毎年、思い出します。いいお顔で思い出してあげたほうがよいでしょう」

私は納得できなかったが、葬儀屋の男は頑として棺《ひつぎ》の蓋《ふた》を開けさせてくれなかった。のぞき窓から覗《のぞ》くと、遺体は青い工業用のビニールに包まれてドライアイスに埋め尽くされていた。

葬儀屋という仕事も重労働だなと思う。兄の葬儀は葬儀屋のセレモニーホールを借りて行った。一階はなんと結婚式場だった。二階は葬式場である。めでたいことも悲しいことも実は似たようなものだったんだと思った。不幸も幸福も紙一重だ。

葬儀屋はお通夜の間も一晩中詰めてくれた。

夜中に、私は葬儀屋に一杯のコップ酒を勧めた。葬儀屋は「ありがとうございます」と言って、謙虚に飲み干した。私はこの男に親愛の情まで感じるようになっていた。やはり動揺していて心細かったのかもしれない。

「私ね、兄の死の知らせを受けて実家に帰ってくる途中に、田んぼ道で兄を見たんです。兄は無人踏切の向こう側に立っていました……。そういうのって変だと思いますか?」

私は葬儀屋に聞いた。葬儀屋は黙って正座していたが、しばらく考えてから顔を上げ、真顔で言った。

「いえ、変だとは、思いません」

「あなたみたいにこういう仕事をしていると、なんていうかな、その、不思議な経験とかされたりしますか？　たとえば幽霊を見るとか……」

　葬儀屋は私の顔を真っすぐに見て、やはり無表情に答えた。

「いえ。私は幽霊というのは見たことがありません。三十年この仕事をしていますが、一度もそんなものを見たことがありません。もしいるのならお目にかかってみたいと思っているのですが、残念ながらありません」

「そうですか……。そうですよねえ、やっぱりあれは私の錯覚だったのかな」

　葬儀屋は何も答えない。置物のようにじっと座っていた。

「人間は必ず死にます。誰かしら毎日必ず亡《な》くなります。葬儀屋にとって人が死ぬことは珍しいことではありません。商売ですから。死んでいただかないと。商売ですから、特別な感情を死人にもつこともありません。ご遺族がお別れしやすいようにきれいにしてさしあげて、そして生きていた頃のように扱ってさしあげて、火葬場までお運びします。それだけです」

　ごっくんと唾《つば》を飲み込んで男は息をついた。

「ただ、不思議といえば、人というのは妙に連れあって亡くなることです。奇妙なものですよ。これは私の経験なんですが、葬式というのはなぜか同じ場所に集中するのです。実は今日もお宅の近隣の集落で葬式が二件ほどありました。こういうように、なにかこう皺が寄るようにして、葬式は寄りあって起こったりするのです。理由はわかりません。死人は呼びあうんです」

葬儀屋の話を聞きながら、私はまた妙なことを考えていた。

おとといの晩、兄の訃報《ふほう》を受ける前の晩、私はなんで顔見知りの木村と寝たのだろう。何年も友人だった男だ。これっぽっちも恋愛感情などもっていなかった男だ。それなのにいきなり欲情した。私は兄と呼びあったのかな。セックスは死にとても近い行為に思える。私は兄の死の予感に欲情してたのかな。あ、でもそんなはずはない。発見された時、兄は死後三週間経過していたのだから。

「亡くなった方に、夢で会われたというご遺族もいらっしゃいます」

葬儀屋は私が勧めた二杯目のコップ酒を一息で飲み干すと、抑揚のない声で言った。なぜかこの男はまばたきをしないように見えた。

「夢で、ですか?」

葬儀屋は黙って頷《うなず》いた。

「そうです。いつだったか、やはりこの場所で通夜を執《と》り行っておりました。深夜にご遺族の方が私を呼ばれて、誰かが表のガラス戸をノックしていると言うのです。しかし私にはさっぱり聞こえません。その方は怒って、何を言うか、あんなに激しく誰かが表のガラス戸を叩《たた》いているではないか、あの音が聞こえないのか、とおっしゃる。私には聞こえませんでしたので、ではごいっしょに見てまいりましょうということになって、一階の事務所の玄関まで降りて行きました」

私は唾を飲み込んだ。

「シャッターが閉まっておりました。もちろん私には何も聞こえません。ところがその方は、ノックしている、これは死んだ親父《おやじ》に違いないからシャッターを開けろとおっしゃる。仕方がないのでシャッターをお開けしましたところ、もちろんどなたもいらっしゃらない。ところがご遺族は、フラフラと外に出て行かれました。表玄関の前に跪《ひざまず》いて何やら誰かとお別れをなさっているご様子でしたので、そっと後ろから見ておりました。すると、長いことお話しされて、いたく感無量なご様子でした。しばらくすると、その方はぐたりと地べたに寝ころんで、側に寄ってみますとどうも熟睡されているようでした。夢をご覧になったのだなと思いました。さぞやお疲れだったのでしょう。翌日になると、その方はご自分がシャッターを開けろと言ったことすら覚えていらっしゃらないようでした。葬儀というのは、みなさん動転してらっしゃいますから、自分がやったことの半分も覚えていらっしゃいません。ですから、こちらがよほどいろいろ確認して進めませんと後でとんだトラブルのもとになったりいたします」

「その話をしてあげたの？」

葬儀屋はゼンマイ仕掛けのように首を振った。

「私はご遺族が忘れてしまったことはあえてお教えしません。忘れてしまうというのは覚えておく必要がないからです。こうして日々、みなさまとおつきあいしておりますと、人というのは自分が覚えていることの十倍くらいのことをやっているのだなあとよく思うのですよ。でもそれは覚えておかなくてもいいことだから忘れてしまうのです」

なるほどと思った。

私には兄の記憶があまりないが、ある何年間かを兄と過ごしていたのだ。それは事実なのだ。だが忘れ去っている。たぶん私の人生にとって覚えておく必要のないことだったのだ。兄と私の時間はずっとズレていた。不思議なことに兄が死んだ瞬間から私と兄の時間が重なりだした。バラバラだった私たち兄妹《きょうだい》の時間がようやく歩調を合わせた。

人は死んだ瞬間からもの言わぬ存在になる。もの言わぬ存在は自分を映す鏡。兄のことを考えるたびに、私は自分のことを、自分の過去を、自分の人生を思い知る。抜け落ちてしまった記憶を思い出さなければならなくなった。

　翌日は葬儀で、午前中にお経をあげに坊さんがやってきた。

「あの住職のお経はいいんです」

　葬儀屋がぼそりと言う。

「そうなんですか？」

「そうです。いい住職に当たりました」

「いいお経ってどんなの？」

「心があるお経といいましょうかね。まあ、長年聞いているとなんとなくわかるんです」

「お経の読み方が上手ってことなんですか？」

　私はしつこく葬儀屋に聞く。葬儀屋は私の顔を無表情に見つめてから間を置いて言った。

「美空《みそら》ひばりは歌の天才だと言われましたが、では歌のうまい歌手と下手な歌手の違いを言葉で説明できますか？　しかし、聞けばひと声でわかる。それと似たようなものです」

なるほどと思った。確かに、その日のお経はやたらと父母を泣かせた。

朝から暑かった。真夏日で三十度を軽く超えるだろうと天気予報が言う。葬儀屋は汗を拭《ふ》きふき棺桶《かんおけ》のドライアイスの様子を調べていた。

「こりゃあ、アイスが溶けるのが早いです。もう臭《にお》い始めている。まずいですね。どんどんお線香を焚《た》いてください。線香ってのはね、昔から死体の臭い消しのために焚かれていたんですよ」

私は言われた通りに線香をどんどん焚いたが、陽が高くなるにつれて遺体はますます臭くなっていった。腐敗が進んでいるのだ。葬儀屋が特に匂《にお》いの強い線香というのを持ってきてくれて、二人でそれに片っ端から火を点《つ》けた。葬儀場が火事場のように煙でもうもうとなった。

「人間って、死んだら終わりだと思ってたけど、死んだ後も変化していくのね」

私がそう呟《つぶや》くと、葬儀屋が隣で頷いた。

「その通りです」

「私ね、兄が腐って臭くなっていくことに、妙に親しみを感じる。もうこの嫌な臭いにも慣れてきてしまった。この臭いを嗅《か》ぐと兄がまだ存在していることが実感できる。この臭いもなくなってしまったら、私はきっとすぐに兄のことを忘れてしまうもの。

私はいつもそうなの。自分のことしか考えてない。兄はよく私に、お前は傲慢《ごうまん》だって言っていた。だから、兄はこうして腐って、俺がいるぞって、俺は存在したのだって、みんなに誇示しているんじゃないだろうか。そんな気がする。俺は確かに生きて存在したんだぞ、わかったか、って、そう言っているように感じる。私って変かな」

葬儀屋はニッと笑って言った。

「いえ、少しも変じゃございません」

もうもうとたちこめる線香の煙の中で、参列者はみな脂汗《あぶらあせ》を流し、ハンカチで鼻を押さえて、時には吐きながら、焼香を済ませた。

兄の死体は十分に腐敗して異臭を放ちながらその存在感で参列者を圧倒し、そして火葬場へ運ばれた。いっそのこと、最後まで腐らせてやりたいなと思った。

それが兄の望みだったかどうかはわからない。何もしないで死ぬことが兄の生き様だったのなら、それを完結させてやりたかった。だが、兄は焼却炉の中で燃え尽きて、いきなり臭いのない炭素になった。私は竹の弁当を食べながらそれをじっと見守った。

4

　眩暈がしそうなほど暑かった。油蟬が断末魔のような声で鳴いていた。

私はとても部屋の中に居《お》れず、アパートの前の炎天下でぼんやりと待っていた。待っていたのは、消毒会社の車だ。

葬儀屋から「死体が放置された部屋を清掃する専門の消毒清掃会社」を紹介されたのだった。

他の清掃会社はそのような「臭い部屋」の清掃は一切請け負ってくれなかった。

約束の十一時に二分遅れて、清掃会社の車がやってきた。

降りてきたのは、背の高い、すらりとした、私と同い年くらいの青年で、ブルーのつなぎを着ていた。私は、彼はアルバイトの作業員で、担当者は別にいるものと思った。ところがその端整な顔だちの青年こそが、この会社の「主任」だと言って名刺をくれた。まったく、これは、お世辞でも誇張でもなく、ものすごい美男子だった。深い目をしていてインドの若い僧侶《そうりょ》のように見えた。その態度も礼儀正しく、言葉遣いも歯切れよく、しかも、ユーモアがあった。きちんと世の中を見据えて、自分が今、何をするべきかがわかっている目をしていた。

まず、彼は私に対して、お悔やみの言葉を述べた。

それは私が、いろんな人から聞かされてきた社交辞令ではなく、なにかこう、本当に親身な、私の立場を理解している言葉で、葬儀屋の男と通じるものがあった。ああ、この人はこのような場面にたくさん遭遇してきたプロなのだなあと実感した。葬儀屋の男もそうだったが、人の死に関わる仕事をしている人たちというのは、さすがに「お悔やみ」のツボをこころえていると思う。かけてくれる言葉になぜか勇気づけられる。

私は、彼を部屋の中へ案内した。台所に面したドアを開くと、そこのPタイルは相変わらず赤黒い血糊《ちのり》に覆《おお》われていて、蛆虫《うじむし》が這《は》い回っている。彼は即座に言った。

「血はここだけですか?」

「そうです」

「じゃあ、この血が臭いの元です。このタイルごとはずして焼却すれば、臭いは一週間で消えるでしょう。よかったです。あなたのお兄さんは本当に家族思いだ」

家族思いという言葉に吹き出しそうになった。あの兄が、家族を苦しめ続けたあの兄のどこが家族思いなのだろう。

「どうしてそう思うんですか？」

「畳の上で死なないで、タイルの上で亡《な》くなったからですよ。もし、畳の上で亡くなっていたとしたら、たぶん、この季節ですから畳の目の中にびっしりと蛆がわいて、この部屋は二度と使いものにならなくなっていたでしょう。でも、この状態ならこのタイルを全部取り替えて消毒すれば、三カ月で再び賃貸可能になります」

そんなものなのか、と思った。畳の上で死にたい、とよく言うけど、それも後に残る人間には迷惑だったりするのだな。

「どうして病死したのに、こんなにたくさんの血液が流れたんでしょうか？」

私は独り言のように呟いた。

「人間というのは、死んで放置しておくと、体の穴という穴から血液が流れ出してくるものなんですよ。だから、事故でなくてもほっておけば血は出てくるんです」

そこに、このアパートの大家が自転車に乗ってやってきた。

大家は私の顔を見るなり「あんたが家族か」と言って猛烈な勢いで文句を並べ始めた。こんな騒ぎになったらこのアパートは気味悪がって借り手がいなくなる。ご近所はよからぬ噂《うわさ》を立てている。隣の部屋の二歳の子供は臭いがクサくて食欲がなくなって飯を食わなくなった。このままでは子供が死んでしまうから引っ越すと言っている。二階も引っ越すと言っている。住めなくなったのは「一号室」が原因だから引っ越し代をよこせと言われている。とにかく責任をとって、引っ越し代を出しなさい。というようなことをガアガアと唾《つば》を飛ばしながらわめきたてた。

あまりにも一方的にしゃべるので、私と青年は口を挟む間もなく顔を見合わせた。この大家もどうやら頭の中で一人で自問自答を繰り返しながらやってきたのだろう。勝手にこちらの反論まで考えているようだった。自問自答する人々は自分に都合の悪いほうへ悪いほうへと考えを飛躍させる。

近隣の家々が窓を開けて口をタオルで塞《ふさ》ぎながらこちらの様子を窺《うかが》っている。冷房もない部屋でひどく暑くて臭いので、頭が朦朧《もうろう》としてくる。何から切り出していいのかよくわからず、私は茫然《ぼうぜん》と大家の耳からはみ出したぼさぼさの毛を眺めていた。

「大家さんは、実に運がいいですよ」

突然、清掃会社の青年がきっぱりと言った。

「この部屋の臭いは一週間で完全に消えます。この住人はタイルの上で亡くなっている。だから被害は最小限度にとどめられたんです。私はこれまでに、本当にたくさんの、人が死んでいった部屋を見てきました。もし、真夏に畳の上で死体が一週間以上放置された場合、このように部屋の中で会話するなんて不可能です。畳で人間が腐った臭いというのは、うちの新入社員が即日退職していくような臭いなんです。新米の刑事さんが現場でげろげろ吐いて怒鳴られるような臭いなんです。防臭マスクをしないと仕事にならない。網戸の目にはびっしりと蠅《はえ》の卵がこびりつき、畳はじっとりと血を吸って蛆の巣と化しています。部屋が二階だったりすると、血を吸った畳の重みで一階の天井が歪《ゆが》むほどになるんです。そうなったら、部屋どころか、アパート丸々使いものになりません。でも、この部屋は無事だった。タイルの上で亡くなったので被害が最小限度に抑えられたのです。実に幸運なことです。三カ月もすれば、使用可能になるでしょう。珍しいケースです」

大家は何か言いたげだったが、とりあえず黙った。

「他の部屋の方の気分が変わるのなら、全部屋を消臭してさしあげてはどうでしょうか?」

と私が言うと、彼は首を振った。

「その必要はありません。この部屋の消毒だけで十分臭いは消えます。あとは、部屋を開けたままにして風を通してあげればいいんです。無駄なお金を使うことはないでしょう」

彼は、明日もう一度やってきて、タイルの撤去と消毒を行うと言った。

大家はそれを聞いて「ほんとに臭いが消えるんだろうな」と念を押しながら、しぶしぶと帰って行った。

「臭いってどうやって消すんですか？」

自転車で去って行く大家を見つめながら、私は彼に聞いた。咽《のど》が渇いたので、用意してきた缶ウーロン茶を取り出し、彼にもあげた。二人して、血糊の海を泳ぐ蛆虫を眺めながらウーロン茶をごくごく飲んだ。

「臭いは粒子なんです。消すわけではなくて、別の臭いの粒子でクサい粒子を抑え込むだけです。あとは自然消滅を待つだけ。しばらくすると人間にはわからなくなります。市販されている芳香剤と同じ原理です。葬式の線香というのも、お通夜《つや》の間じゅう線香を絶やさないのは人間が腐る臭いを抑えるためだったのだと思います。今は薬が発達していますから、だいぶ腐り具合が遅くなりましたが。かつて土葬だった頃は、死体から臭ってくる死臭を線香の香りが抑えていたんです。線香はなかなか強力な消臭作用があります。今日も焚いていきましょう」

私たちは、ウーロン茶の空き缶に線香を焚いた。

そして手を合わせた。

兄が死んでから何度こうして手を合わせたことだろう。だが、私は手を合わせても何をどう祈っていいのかわからない。祈りとは何なのかがわからない。手を合わせて俯《うつむ》いたまま、私はいつも途方に暮れている。鎮魂とはどういうことなのか私にはわからない。いったい他の人々はこの手を合わせた瞬間に何を思い、何を祈っているのだろう。どんな気持ちで、この祈りの時間を過ごしているのだろう。

私は隣の青年を盗み見た。彼は目をつぶり、きっちりと手を合わせていた。美しい祈りの姿だと思った。やはり慣れているんだろうか、だけど彼がどんな気持ちで何を思っているのかは見当もつかなかった。

「人間の体って、死なないんですよ」

彼が突然、そう言った。

「え？」

「人間の体って、個体として変化し続けるんです。ほっておけば、硬直して、血が流れ出して、腐って、蛆がわいて、どんどん変化していく。そして、微生物に分解され自然へと還《かえ》っていく。放置された死体は生きて、変化していくんです。僕はこの仕事に就いてから、人間の死というものにとても興味をもつようになりました。こういう話をされると気味が悪いですか？」

青年は私のほうを見て不安げに聞いた。

「いいえ、ちっとも」

「よかった。あなたのお兄さんは不思議な死に方をされているように感じました。これは長年の勘です」

彼はそう言って、部屋全体をぐるりと見回した。

「やっぱりそう思われますか？　私もとても気になっていたんです。だって変でしょう、見てくださいこの部屋。この人、いったいここで何をしようとしていたんでしょうか？　なにもかも中途半端《はんぱ》です。なんていうか、ある日突然に電池が切れたみたいな、そんな感じなんです。ね、これ見てください。この掃除機、コンセントが繋《つな》ぎっぱなしになってるでしょう？　これを見て何を感じますか？」

青年はちょっと答えに詰まってから言った。

「これから掃除を始めようとしていたのかな」

青年はそう言って、掃除機のゴミパックを確認する。

「ほら、ゴミパックが新しいのに付け替えられている。掃除する前だったんでしょう」

私は掃除機の内部を見つめる。

「これから掃除を始めようとしていたのに、なぜ急にやめてしまったんでしょう。ねえ、あなたはたくさんの死体のある部屋を見た、って言ってましたよね。人ってよく死ぬ時にメッセージを残すって言うでしょう？ そういうことって本当にあるんですか？ ドラマにあるように犯人の名前を書き残すとか、そういう具体的なことじゃなくて、もっとなんていうか無意識的なこと。死ぬ前の人間って、どこかで無意識に自分の思いを誰かに伝えようとするって言うじゃないですか。そういうこと、感じたことありますか？」

彼はちょっと考えてから答えた。

「ありますね。部屋に清掃に行って、ああこの仏様はこんなことを思っていたのか、と思うことが時々あります」

私は黙って青年の言葉を待った。

「いつだったか、衰弱死した寝たきりのご老人の部屋を清掃しに行ったことがあったんです。消臭作業をしていたら、天井に変なものがたくさん張り付いている。丸い小さなシールなんです。いったい何だろうと思いました。無数のシールなんです。それが天井一面に貼《は》ってある。実はそれ、蛍光シールで、電気を消すとしばらくの間、星のように発光するんだそうです。ご老人は、天井に天の川を作っていたんですよ。僕らは試しに部屋を暗くして、そして電気を点《つ》けて、それから消してみたんです。そうしたら天井一面にきれいな天の川が現れました。ちょっとびっくりしました。その方は葛西《かさい》の団地で亡くなって、あたりは殺伐とした湾岸のコンクリート道路ばかりの場所です。でも、生まれは奄美《あまみ》大島だそうです。きっと故郷の星空を思って亡くなったのだなと、そう思いました」

私は思わず天井を見てしまった。もちろん何もなかった。

「うちの兄はね、この部屋で餓死したんです。まだ四十歳だったし、健康でした。それなのに、この部屋の中に閉じこもって何もせずにただ寝ていて、暑さと飢えで衰弱して、そして心不全で亡くなったんです。理由はわからない。部屋を借りて、掃除をしようと掃除機のコンセントを繋いだ。それなのに、突然に掃除どころか生きることすらやめてしまった」

彼は腕組みしたまま、兄の荷物がある奥の畳の部屋へと歩いて行った。

「僕には、あなたのお兄さんが意図的に生きるのをやめたようには思えない。もし本当に生きるのをやめたら、寝室にしていた畳の部屋で亡くなっていると思うんです。でも、お兄さんは、台所のタイルの上で、寝た状態で死んでいる。たぶん、暑さのためにより涼しいほうに移動したのだと思うけど、それくらい冷静さを最後までもっていた。そして、より外に近い場所で亡くなっている。ドアまで三歩です。這ってでも外に出られる場所を、あえて選んでいる。外との接点を求めていたように見えます。心から死にたかったとは思えない」

「だったら、何のために死んでしまったんでしょうか？」

「水を飲みにきて、いきなり心筋梗塞《こうそく》で倒れたとか……」

私は首を横に振った。

「だって、兄はこの場所に、腕枕《うでまくら》をするような姿勢で寝ていたんです。苦しんだり倒れたりした様子ではなかった」

私は、ゆっくりと掃除機のコンセントを引き抜いた。

「これって、兄の私への伝言かもしれない。兄は死ぬ前に、私にコンセントの話をしていたんです」

するとと青年は、ペンチでコンセントのコードの先を少しだけ切り、それをくれた。

「あとの荷物は、ご依頼の通りすべてこちらで処分しておきます」

切り口から細い針金が露出している。手の中のコンセントはひからびた鳥の足みたいだった。

5

郵便受けに五日分の新聞が突き刺さっていた。

ねじ込まれた新聞はなかなか抜けない。抜き取っていると配達の少年の苛立《いらだ》ちが伝わってくる。少年の憎悪《ぞうお》が新聞の束を通して漏れている。

（いけない。こんなものにシンクロしていてはいけない）

私は首を振って新聞から伝わってくる悪意を遮断する。他者の悪意を感じると私はひどく消耗するのだ。兄の葬儀を終えた疲れからだろうか、気持ちのガードが緩くなっている。

五日間閉め切られた部屋は蒸れていた。台所の生ゴミから饐《す》えた臭《にお》いがする。暑い。エアコンを「強」にして冷蔵庫に頭を突っ込んだ。

留守録に、木村から電話が入っていた。

どんなに濃厚でもセックスはちっとも記憶に残らない。木村と寝たこともう十年も昔のことのように感じられた。

「ピー。木村です。ええと、昨日、編集部に行って訃報《ふほう》を聞きました。何と言っていいかよくわかりません。いろいろ大変だろうと思います。あまり気を落とさないでください。ありきたりなことしか言えなくてごめんなさい。元気出してくれ。落ち着いたら電話ください。じゃ」

葬儀が終わった途端、精神的な限界を感じた。

父は母を責め続けていた。兄があんな死に方をしたのは「お前の育て方が悪かったからだ」と。

お前がいつまでもタカにおっぱいをしゃぶらせてるからアイツは一人前の男になりそびれちまったんだ。お前が俺がいない間に甘やかすからアイツはあんなロクでもない人間になって人様に顔向けできねえような死に方をしたんだよ、お前がちゃんと育てないから……。

たぶん父は兄を殺したのは自分だと思っているのだ。そして母も。もしかしたら私も。家族全員、兄の死の責任は自分にあると感じていて、一番気の弱い父がその事実を受け止めることができず母に甘えている。

普段は父の暴言に粘りを見せる母も、今度ばかりは耐えきれず寝込んでしまった。父は私がいるとかえって母に辛《つら》く当たる。衰弱しきった母親を酒乱の父がいたぶるのを見ていられなかった。

私は家族が苦手だ。父も母も些細《ささい》なことに腹を立て、泣きわめき、そうかと思うと笑い、許し、甘え、そしてまた殴り合う。いつも強烈な感情が渦を巻いている。無目的で無秩序で破壊的な感情の放射線を出している。いっしょにいるだけで被曝《ひばく》してしまう。実家から戻るたびにひどい倦怠感《けんたいかん》を覚えて寝込んでしまう。

睡眠不足と暑さと臭いで、私は憔悴《しょうすい》していた。

まともな人間に会いたかった。誰でもいい。感情的じゃない静かな人間に会いたかった。会って、大変だったね、辛かったね、がんばったね、と子供のようになぐさめてもらいたい。

留守録から再生された木村の声は、穏やかで優しかった。無性に会いたいと思った。

「驚いたよ、アノ翌日だったろ？　お兄さんが亡《な》くなったのって」

持参のビールのプルリングを引き抜きながら木村が言った。

アノ、という時にちょっと照れたような口調になる。正直で朴訥《ぼくとつ》な男なのだ。

「ユキはビール飲まないのか?」

首を振って冷凍庫からズブロッカの瓶を取り出した。

「何だそれ?」

「ズブロッカ。飲む?」

「冷凍庫に酒を入れてるのか?」

「このお酒は凍らないのよ。トロトロになるだけ」

そう言って氷の入ったグラスに注《つ》いだ。瓶の中に入っているのは何だと聞かれたので、薬草と答えた。ズブロッカの口臭防止剤みたいな味と香りが好きなのだ。

「酵母で醱酵《はっこう》したようなお酒って嫌いなの。生き物臭くて」

木村は呆《あき》れたように「変わってるな」と呟《つぶや》いた。

「いろいろ、大変だったろう?」

頷《うなず》いて、私は男の横に座る。木村は私のベッドをソファがわりに腰を降ろしている。

「この間は、びっくりしたよ」

「どうして?」

「だってオマエ、べろんべろんに酔っぱらって、いきなりこれからセックスしたい、って言いだすんだもん」

「私が？」

「そうだよ、覚えてないのかよ」

「覚えてない」

「タクシー拾ってさ、運転手にどこでもいいから一番近いラブホテルに行って、って怒鳴ったんだぜ」

「全然覚えてない」

嘘《うそ》だ。全部、覚えている。

「そうかあ、覚えてないか」

木村はそう言って、ちょっと寂しそうな顔をした。この男はずっと私に好意をもっていた。そのことは知っていた。だから都合のいい時にだけ呼び出して暇つぶしの相手をさせていたようなところがある。絶対にコイツとは寝ないという自信があった。今でも、なぜあの夜にホテルに誘ったのか自分の行動が理解できない。兄の死を心のどこかで予知していたんだろうか。いつになく心乱れていたような気がする。

「電話もらって、嬉《うれ》しかったよ」

そう言って、木村が唇を重ねてきた。ぷんとビールの匂《にお》いが鼻をつく。

次の瞬間、私は思わず木村をはねのけた。男は不意打ちをくらって脅《おび》えたように私を見た。

「どうした？」

吐き気が込み上げてきて口を押さえる。

「ちょっと、嫌なものを思い出しちゃった」

臭いだ。

男の唇が鼻に近づいてきた時、私はあの兄の部屋で嗅《か》いだ死臭を思い出したのだ。あの臭いの粒子が鼻に入ってきたように感じた。ほんのわずかな、かすかな臭いだったけど、確かにあの死臭と同質のものだった。

「大丈夫か？　なんか顔色悪いぞ」

木村は気の毒なほど狼狽《ろうばい》していた。なんだかかわいそうになって私はそっと男の胸に体を寄せた。

「もう、大丈夫、ごめんね」

男の息遣いを頭の上に感じる。するとまた、あの臭いの粒子が鼻の奥にすっと入ってきた。間違いない。兄の死臭だった。でも、なぜ木村からあの臭いが……？

私は男の顔を見上げた。

「ねえ、ここにくる前になんか食べてきた？」

「いや、別に。なんで？」

「臭うの」

「何が？」

「何がって……」

言葉に詰まった。まさか死臭とは言えない。私は男のシャツとか靴下を犬のように鼻をくんくんさせながら嗅ぎ回ってみた。

「おいおい、どうしたんだよ、そんなに臭いか？」

「違う」

「何が違うんだよ、変な奴《やつ》だなあ」

木村はしきりに自分の腋《わき》の下の臭いを嗅いでいる。私は真顔で言った。

「ねえ、私の顔にハアーって、息を吹きかけてみて」

「何だよそれ、やだよ気持ち悪い」

「いいから、早く」

勢いに押されて、木村はしぶしぶと私の顔に息を吐いた。やはり、木村の息の中にほんのかすかだけれど腐った鮪《まぐろ》の血合いのような臭いの粒子が感じられるのだ。臭いとはいえないようなもの。気配に近いほど微量な臭気。でも、私の鼻は敏感にそれをいくつもの臭いの粒子の中から選び出して嗅ぎ分けていた。暑さで腐敗した血と肉の臭い。生臭く饐えていて、それでいてどこか甘い臭い。

「俺、息は臭くないほうだぜ。な」

木村はつとめて明るくそう言った。

「ね、あなたどっか悪くない？」

「どこも悪くないよ」

「全然？」

「全然、健康そのもの」

「でも、もしちょっとでも変だなって思ったら、病院に行って」

「何だよ、それ、どういうことだ？」

さすがに真顔になって私を見据えた。説明しようにも、やはり死臭がするとは言えない。

「俺、なんか病気みたいな臭いがするのか？」

しきりに自分の臭いを嗅ぐ木村の様子を見ていたら、変なのは自分なのだという気がしてきた。

「違うの、私、兄が変な死に方をしたものだから少しナーバスになっているんだと思う。兄が亡くなった部屋の後片づけとか、全部一人でやってきたから、神経が昂《たか》ぶっているのかもしれない。なんだかいろんな匂いが気になってしょうがないの。どうかしてるよね、ごめんね」

木村は得意の慈《いつく》しむような目で私をじっと見つめる。

「わかるよ」

そう言って手を握った。

「きょうだいが亡くなったのだもの、気持ちが昂ぶっても当然だよ。それがあたりまえだよ」

今度は抱きしめようとはしない。遠慮しているみたいだった。木村に悪いことを言ってしまった。でも、確かにあの臭いだったのだ。そしてあの臭いを発する口に自分の口を重ねるなんて、絶対にできないと思った。

ゆっくり休むようにと言って、木村は帰って行った。玄関先まで見送った時、靴ヒモを結びながら木村が軽くビールのげっぷをした。やはり微《かす》かに、死臭が漂った。

どうかしている。そう思いながらトイレの消臭スプレーを玄関に撒《ま》く。けれども、その消臭スプレーの匂いの粒の隙間《すきま》から、あの臭いを拾い出してしまう。私の鼻はまるで警察犬みたいだ。まずい、と思った。

これは病名をつけるなら強迫神経症だ。臭いが気になってしょうがない。そういう病気がちゃんと存在する。私はベッドにつっぷして額に両手を当てた。目をつむるとよけいに鼻が敏感になるが、それでも目を目を閉じてみたかった。

目を閉じて思い出そうとしていた。

あの清掃会社の青年のこと、そして葬儀屋の男のことだ。二人に会いたかった。奇妙な人恋しさだった。こんな夜にあの二人がいてくれたらどんなに心強いだろうと思った。

清掃会社の青年は、二日目も約束の時間通りにやってきた。

血のついたPタイルを巨大なカッターで切り取り、さらに細かく切断して黒いビニール袋に収容した。この日も暑かった。近所の住人が口をハンカチで押さえて足早に通り過ぎていく。

私はビール券をもってご近所に挨拶《あいさつ》に回った。

「ご迷惑をおかけしております。決して事件があったわけではありませんので、どうかご心配なさいませんように。臭《にお》いのほうも今週いっぱいで消えると思います。申し訳ありませんでした」

町内会の組合長という人がやってきて「あんた、ご近所に挨拶くらいしたほうがいいぞ」と諭《さと》されたからだ。

確かに、死臭は人間を不安にさせる。死体に触れてしまったような気分になる臭いだ。

「臭くてご飯が食べられないのよ」と、訪ねた隣家の主婦は口に手ぬぐいを巻いていた。

だが、青年はマスクもつけずに作業を続ける。業務用の軽トラックにビニール袋を詰め込むと、手袋をはずして手を消毒し、こちらへ歩いてきた。

「もう大丈夫です」

きっぱりと青年は言った。

「これで臭いの元は断ちました。あとは風を入れておけばすぐに臭いは消えるでしょう」

そう言って、部屋に入ると、彼は消臭スプレーを一本まるごと部屋の中に撒き散らした。

「これは市販されているものと変わらない消臭スプレーですよ」

　私は黙って彼の仕事を見ていた。これが終わると彼が永遠に私の前から消えてしまうのが悲しかった。

「どうして、この仕事に入られたんですか？　新卒でこの仕事に就かれたんですか？」

　青年はスプレーの手を止めず、照れたように笑った。

「そうです。新卒で入りました。実はあまり深く仕事の内容を調べずに入社したんです。最初はさすがにびっくりしましたよ。辞めようと思ったことも何度もあったんですが、なんとなく辞められなかった。なぜだろうって自分でも不思議に思います。こんな人の嫌がる仕事なんですけど、僕にはとても魅力的に感じられたんです。人間はいろんなふうに死んでいくのだなあと、この仕事をしてから思うようになりました。人間はいろんなふうに生きていくとは思っていたけど、いろんなふうに死んでいくとは思ってなかった。たいがい人は病院で息を引き取るんだろうって、漠然と考えてましたから。でも、違うんですよね、本当にいろんなふうに死んでいく。世間ではあまり知られていないけど、死に方って無数にあるんだな、って。そのうちにだんだんと人間の死に様に魅せられてしまった。死んでいった人の足跡をていねいに剝《は》がして、死の影を部屋から取り除くのが僕の仕事です。でも、それは同時に死んでいった人への弔いでもあるような、そんな気がしてしょうがないんです」

「弔い、ですか？」

「そう。傲慢《ごうまん》かもしれないけれど、僕は死者を弔いたいと思った。理由はわかりませんが、そうすることで自分が気持ちいいのだからしょうがありませんね」

「気持ち悪いと思ったことはないんですか？」

「最初の頃はありましたけどね、もう慣れました。人間ってものすごい順応性があって、どんなことにも慣れていけるみたいですよ」

もう一度あの青年に会って、私の嗅覚《きゅうかく》がどうなってしまったのか聞いてみたい。匂いを仕事にしている彼なら知っているかもしれない。私の鼻はショックのために感覚過敏になってしまったのだろうか。それともこの臭いは幻なのだろうか。一過性のものなのだろうか。ずっと続くのだろうか。

ベッドに仰向《あおむ》けになり茫然《ぼうぜん》としていると、なぜかあの無人踏切りが思い出される。踏切りの向こうに現れた人影、あれは確かに兄だった。間違いないと思う。幽霊などの存在を一度も信じたことはなかった。見たこともなかった。それなのに、あれが兄だと確信している。

木村の言う通り、自分で思ったよりもずっと肉親の死にショックを受けているのかもしれない。

6

研究室に続く湿った廊下に人影はなかった。

古びた大学校舎は相変わらず陰気で暗い。この旧校舎も来年には取り壊されるらしい。取り壊される前にここを訪れたのも何かの因縁なんだろうかと思った。

この場所に再びくることはないと思っていた。でも、私には他に頼る人間が思いつかなかったのだ。

私の嗅覚は異常をきたしている。それは日を追うごとに明らかになる。

ここにくる途中も、混み合った私鉄の車内であの臭いがする。

汗とデオドラントスプレーと整髪料とワキガと防虫剤が混じり合った匂《にお》いの中から、私はあの腐った死体の臭いの粒子を嗅《か》ぎ分けてしまった。

臭いの元はどこだろう。

不思議だが死臭を嗅ぐと妙な懐《なつ》かしさすら覚える。あ、あの兄の腐った臭いだ……

と思うのだ。注意深く臭いに神経を集中すると、ぼんやりとだが粒子の流れが読める。近い……と思った。ゆっくりと体を移動させながら、臭いの粒を探していく。すると、どうやらつり革につかまった一人のサラリーマンの、紺色の背広からあの臭いの粒子が漏れ出していることがわかるのだ。

なぜ、こんな背広にあの臭いが。

間違いなく死体の腐った臭いだ。側に寄って確信する。まるで背広といっしょに死体が置いてあったみたいに、生地の隙間に臭いの粒子が付着していた。サラリーマンは無表情でつり革につかまって窓の外を見ている。ごくごくありふれた風情《ふぜい》の四十前後の男。小奇麗な身なりをしている。死臭を漂わせていることをのぞけば、何の変哲もない男だ。

男の顔を盗み見ていたら目が合ってしまった。カッターで切り取ったような一重瞼《ひとえまぶた》の男だった。恐ろしくなってそっと男から離れた。

臭いの粒子は車内をゆっくりと浮遊していた。私にはまるで見えるように嗅ぎ取れる。

大学のある駅に降りると、夏草と街路樹の匂いにほっとした。

ここにくるのは何年ぶりだろう。都内でも緑の多いキャンパスとして有名な学校だった。構内に入るといくぶん温度が下がる。ひんやりとした大学独特の空気が私をひどく懐かしい気持ちにさせた。かつては我が物顔で闊歩《かっぽ》していた場所なのに、今はここに私をよく知る人は一人しかいない。私はその男に会いにきた。

ブラスバンドのガヤガヤとした不協和音が響いている。夏休み中なので人は少なかった。アーチ型のエントランスを抜けて、薄暗い廊下を歩く。時間を逆に歩いているような奇妙な錯覚に囚《とら》われる。心は簡単に過去に戻れるのだ、そう思う。過去はすべて体の中に存在している。人間って凝縮された記憶なんだ、そんな気がした。

「心理学研究室」という古びたプレートの前で立ち止まる。

憂鬱《ゆううつ》なため息が出る。私はまだ国貞篤男《くにさだあつお》に会うことをためらっている。会えば不愉快になるに決まっている。復讐《ふくしゅう》されるかもしれない。私を言葉で傷つけるのは国貞にとって簡単なことだもの。私が今でも好意をもっているふりをすれば和解は可能かもしれない。でも、そんなことが私にできるだろうか。

ドアをノックすると「はい、どうぞ」という鼻にかかった高めの声が返ってきた。

ひと呼吸置いてから古びた木のドアを開けた。国貞研究室は十年前と変わらず黴《かび》っぽく、口臭の混じった湿った古紙の臭いがした。

「おやおやおや、お久しぶりですねえ」

国貞篤男は肘掛《ひじか》け椅子《いす》をくるりと半回転させてこちらを向いた。この仕草も十年前と変わらない。

「先生、ごぶさたしています」

私はていねいにお辞儀をして、それから顔を上げると、国貞は品定めでもするようにかつての教え子を見下ろしていた。

「まさかあなたのほうから連絡がくるとはねえ。びっくりしましたよ」

「はい……。すっかりごぶさたしてしまって。お元気でした?」

「元気ですよ、もちろん」

言葉がひどく空々しく、小さな棘《とげ》を含んでいる。

「お忙しいのにお時間をとっていただいて申し訳ありません。実は、ちょっと困ったことになっていて先生のご意見を伺いたいと思いまして」

「私にできることだったら、何でもお力になりましょう。ユキは私の特別の生徒ですから」

意味ありげに「ユキ」と国貞から呼ばれると鳥肌が立つ。十年経《た》ってもこの男の慇《いん》懃《ぎん》さはちっとも変わっていない。

国貞はかつて、私の恋人だった。

まだ私が大学の心理学科に籍を置いていた頃、私は国貞の研究室で心理学を学んでいた。

カウンセラーを目指す者は、自らが教育分析というカウンセリングを受けなければならない。私は国貞について教育分析を受けた。ほぼ四年間にわたって、週一回、自分の見た夢を記録し、それを手がかりに自らの内面世界をさ迷っていた。

心理分析を進めていく過程で、患者がカウンセラーに恋愛感情をもってしまうことがよくある。これを心理学用語では転移と呼ぶ。

私はまさにその転移にはまってしまい、国貞に強い恋愛感情をもってしまった。多くの場合、患者はこの転移を乗り越えて回復していく。転移とは特別なことではなく、カウンセリングを進めるうえでは必要なことだと認識されている。もちろんそれは、カウンセラーが理性によって、クライアントの転移を受け止めた場合だ。ごくまれに、クライアントの転移をカウンセラーが受け止めきれずに、カウンセラーの側もクライアントに恋愛感情をもち、そして肉体関係にまで至ってしまうような場合がある。これは逆転移と呼ばれる。

私と国貞は、教育分析の過程でこの転移と逆転移を起こして、そしてズブズブの恋愛感情に溺《おぼ》れてしまった師弟なのだ。

最初の二年間、私は自分の感情を「これは転移なのだ。あくまで一時的な恋愛感情にすぎない」と言い聞かせてきた。だが、国貞に対する思いはどんどん膨らみ、三年目に入る頃には国貞を支配したいという強い欲望を、理性が抑え切れなくなっていた。この男から認められ、愛されなければ自分は生きている価値がないと思った。そして、自分から彼に告白し、激しく求愛した。

「それは転移だよ、それくらいあなたもわかっているだろう？」

最初は私をいさめていたが、私は国貞からはっきりとしたエロスの手応《てごた》えを感じていた。欲望の淵《ふち》に立って私は男を誘惑した。あたかも若い学生の情熱に押し切られたかのように、国貞は欲望のゲームに参加してきた。

「私のどこがあなたを刺激するのだろう？　分析してごらん」

国貞はよくこういう聞き方をした。私は従順な家来みたいに男を称賛した。彼の強欲な自我が目覚めようとしているのがわかった。それからはカウンセリングではなかった。支配と被支配のためのゲームだった。この男が喜ぶことなら何でも言ってやろと思った。いくらでも支配されてやる。欲望の餌食《えじき》になってやる。支配されることは支配することと同じだから。

私たちは、カウンセリングの面接が終わると食事をし、それから彼の車に乗ってドライブに出かけた。ひと気のない湾岸の駐車場に車を止めて、国貞はいつも、

「もう、こんなことはやめよう」

と芝居がかった口調で切り出す。これが合図だ。私は泣きながら男に懇願し、自分から男のペニスを口に含んだ。車の中で、国貞は何時間もかけて私の乳首を舐《な》めたり、性器を刺激したりして楽しんだ。だが、セックスはしなかった。「入れてやらないよ」と男は言った。

「教え子とは一線を越えないのが俺の主義だ」

そんなことが一年くらい続き、お互いの欲望が頂点に達した時、私たちは性交した。国貞はサディストで、最初から縛られた。一年も私の身体《からだ》をもてあそびじらしたのも、じらされて悶《もだ》える私を見るのが快感だったからかもしれない。私はもう気が変になりそうなほど欲情していて、ただひたすら抱いてほしかった。だから言われることは何でもやった。

最初から縄を用意してきていた男は、ベッドの上で私を縛った。性器がひどく露《あらわ》に

なる奇妙な方法で手と足を背中に折り曲げてていねいに縛りあげるのだ。それから国貞は私の剝《む》き出しになった性器をゆっくり優しく刺激し続ける。

国貞の行為は丹念で、激しさはないが、痺《しび》れるような快感まで昇りつめることができた。時間をかけて私は調教されていたのだと思う。


国貞は精神的にも肉体的にも完全に私を支配していた。そして、私には男に支配されることがこのうえもないほど快感だった。私はマゾなんだろうかと不思議に思った。何も考えず、ただされるがままになっていることの幸福。

だが、性的交渉が一年も経つ頃になると、私はだんだんと支配される状態にも、国貞とのセックスにも飽き飽きしてきたのだ。転移が終わろうとしていた。国貞は分析の間だけは何でも聞いてくれる理想の男だったが、ひとたび分析が終わればサディスティックで、わがままで、傲慢《ごうまん》で幼児性の強い男だった。そんな国貞の本性に、私はようやく気がつき始めたのだ。

目が覚めてみれば、自意識過剰で幼稚な男だった。

自分でも驚くほど急激に男との関係に冷め、今度は触れられるのすらむしずが走るようになった。離れていく私を繫《つな》ぎ止めようとする国貞の子供じみた手練手管、芝居がかった言葉のひとつひとつに反吐《へど》が出るほどうんざりして、そして、あんなに尊敬し、敬愛していた男を、私は捨てた。ひどく冷徹に、軽蔑《けいべつ》して。

それでも男は、私が男に抱かれて悲鳴を上げながら悶えたことや、男のペニスを大喜びでしゃぶったことを決して忘れていないのだ。そのことをずっとずっと覚えていて、現実の私とダブらせようとする。私にはそういう男の視線が耐えがたく不愉快で、だから国貞に会うことをずっと避けてきた。

今も、男がどういう目で私を見ているのかわかる。彼は思い出しているのだ。私の性器の味や、狂ったように腰を動かして絶頂に行こうとした私の姿を。そして値踏みしている。まだ私の内に残り火があるだろうかと。あるに決まっていると確信している。

「まあ、お掛けなさいな。あいにくとここはコーヒーもいれられないけど、咽《のど》は渇いていない？」

「大丈夫です」

私は勧められた椅子に座った。

「あなたが自分からやってくるんだから、相当のことなんだろうね」

私は何から話そうかと、とまどいながら視線をそらした。

「兄のことなんですが……」

「お兄さん?」

そう言って、目を見開いて手を胸の前に合わせる。昔からのポーズだ。

「死んだんです」

「亡《な》くなったの、そう。それはそれはご愁傷さまだったね。そうか、あのお兄さん亡くなったのか……」

「兄の話は以前に何度かしたと思うのですが、覚えていらっしゃいますか?」

「ええと、いや、おぼろげにしか覚えていないなあ。なにしろ私は終わったクライアントのことはすべて忘れてしまうからさ。確か、あなたの兄さんは精神的に問題があった人だね。境界例ではないかと言っていたよね」

問題はあったが、それが病気かどうかわからない。

「そうです。でも、兄が精神病だったのか正気だったのか私には判断がつきませんでした」

明確に精神病であったなら、かえってよかったのにと思う。

「お兄さんは、自殺なさった?」

私は首を振った。

「自殺なのかどうかもわからないんです。とにかく、兄はものすごく怠慢に生きることを停止してしまいました。そして、餓死しました。何のためにそんなことをしたのか私には理解できません。いったい兄は病気だったのか、正常だったのか。自殺なのか、それとも死にたくないのに死んでしまったのか。できれば先生の客観的な意見が聞きたいと思ってきました」

国貞は「ふう」と大きなため息をついた。

「そう、じゃあどこからでもいいから、お兄さんについて話してみてくれる？」

たとえそれが職業的な訓練によって培《つちか》われた態度であっても、受け入れられるとほっとする。そしてふいに、自分が恋に落ちていった瞬間が蘇《よみがえ》る。世界でたった一人、自分を理解しようとしてくれる男に、十年前の私は全身全霊ですがりついたのだと思う。

そういえばあの頃、私は何に苦しんでいたのだろう。思い出せない。分析は失敗した。心は隠蔽《いんぺい》されて無意識の中にフリーズドライされている。

「私は……、兄についての記憶がないんです。兄とは年が十歳離れていました。私の記憶がかろうじて鮮明になるのは四歳の頃なのですが、四歳の時には兄はいませんでした。記憶に兄の姿が登場するのは六歳頃からです。それもとても断片的なのです。兄の記憶がないことに兄が死んで初めて気がつきました。兄が十八歳で高校を卒業して家を出る時、私は八歳、小学校三年生でした。その時のことはよく覚えています。兄の高校の友達を招いて、卒業祝いのパーティを開くことになったのです。母が珍しくご馳走《ちそう》を作って、お祝いだから特別にとビールも奮発して、兄の友人がくるのを待っていました。だけど、夜がふけても誰もこないのです。だんだん気まずくなって、兄はちょっと悲しそうでした。普段から無口な人だったけど、この時は逆によくしゃべるんです。それがかえって不自然で、兄が動揺しているのがわかりました。私が兄をかわいそうだ、と思ったのはこの時くらいかもしれないです。私は兄のことをすごく憎んでました。中学の二年頃から、兄の私に対する虐待《ぎゃくたい》が始まりました。同時に兄は母に対しても暴力をふるうようになりました。中学時代の兄は荒《すさ》んでいたように思います。高校に入ってからは、少し落ち着きました。だけど、兄は欲望を制御することができずによく自爆していました。高校生の頃はオーディオに凝っていました。自分のステレオが欲しくて欲しくてたまらないらしくて、それを母親が拒否しようものなら狂ったように暴れまくり、何日も何日も口もきかず、イライラと不機嫌で、事あるごとに母に当たっていました。母はついに根負けして、このままだとあの子にいびり殺されるかもしれないからと、兄が望むものを買い与えていました。子供心にも不安に思いました。こんなに欲望の抑制ができなくて、この人は生きていけるんだろうか……と」

「あなたが今、客観的に考えて、どう？　お兄さんは発病していたと思う？」

「いえ、中学、高校では、情緒不安定ではあったけれども普通の青年だったと思います。若干、欲望の抑制や、それから対人コミュニケーションに問題があるものの、でも、普通の青年だったと思います」

そう言ってから「普通」って何だろう、と思った。私は普通と異常とどこで線引きをしているのだろう。自分でもよくわからない。

「兄は高校を卒業してから、なぜか名古屋のほうの会社に就職します。母親を罵倒《ばとう》しながら家を出て行った記憶があります。兄は田舎が嫌いでした。父や母を知性がないと言って軽蔑していました。私たちは甲府に住んでいたのですが、兄の高校から名古屋に就職したのは兄一人だったらしいです。なぜそんな場所を選んだのかわかりませんでした。名古屋のほうの小さな先物取引の会社だったらしいです。母は兄が就職して家を出てしまうとしばらく泣いて暮らしていました。私はときどき母が洗い物をしながら泣いているのを見て、なぜ泣いているのか不思議なくらいでした。だって、母はずいぶんと兄に殴られ酷《ひど》い言葉で罵倒されていたんです。いなくなってほっとするならわかるけど、なぜ悲しいのだろうと思ってました。私はせいせいしてました。これでやっと脅《おび》えずに暮らせると思ってました。兄がいる間、ずっと兄の顔色ばかり気にして生きていなければならなかったから」

「お兄さんの暴力はそんなにひどかった？」

「一度キレると、自分でもセーブできないようでした。でもあれは血筋なのかもしれない。父もそんな人です」

「確か、お兄さんはずっと独身だったよね？」

「そうです。兄は結婚しませんでした。兄は名古屋に就職したものの、その翌年のお盆休みにはもう会社を辞めて家に戻ってきていました。それからは、就職しては辞め、また就職しては辞め……の繰り返しでした」

あんなに忌《い》み嫌っていた田舎に、兄は平然と舞い戻ってくる。それも不思議だった。

「一番続いた職場で何年くらい？」

「そうですね、最長が四年です。これは新小岩のローン会社でした。この会社にいた頃の兄は比較的元気でした。私はその頃は高校生で、夏休みに東京に遊びに行って兄のアパートに泊めてもらったことがありました。私が高校生になると、兄は私を一人の人間として対等に見るようになってきました。もちろんいじめることはなくなりました。それどころか私に気を使い、頼っているようなところもありました。でも、私が高校を卒業して家を出る頃には、兄はもうその会社を辞めていました」

国貞は軽く手を上げて私の話を制した。

「ちょっと今、確認しておきたいんだけど、ユキは今日はどういうつもりでここにきた？」

「どういうつもり……って」

「つまり、私に何をしてほしいかということだ」

まずかった。話が長くなりすぎたので国貞はイライラしているのだ。俺は今、カウンセリングしてるつもりはないぞ、と国貞の目が言っている。

「何をしてほしいか、ですか？　それは、相談に乗ってほしいと思って」

「カウンセラーとして、それとも昔の指導教授として、それとも……友人としてか？」

私はひと呼吸置いてからはっきりと答えた。

「もちろん、かつての指導教授である国貞先生に教えを乞《こ》うためです」

ふふと国貞は笑った。

「なんでお前さん、今頃になって俺の助けが必要になったんだ？」

私は国貞が一番喜びそうな答えを必死で検索した。

「それは、私のことを一番理解しているのが先生だから。先生、私は大学を卒業してから心理学とはまったく違う仕事に就いてしまいました。かつての級友とも音信不通です。この数年間、金融雑誌の編集ライターとして投資や株や相場のことばかり考えてきました。今、私が精神的な問題で相談できる相手は誰もいないんです。信頼できる臨床家は、先生しか思いつきませんでした」

国貞は「なるほど」と鼻で笑うと、「じゃあ続けて」と言った。

「兄について、他に何を話せばいいでしょう？」

「最終的に、あなたとお兄さんの関係が変化したのはいつ頃？」

「それは……、今からちょうど三年くらい前です。転職を繰り返しながら、兄の精神状態はゆるやかに荒廃していきました。三十代の後半頃から兄はもう勤めに出ることができなくなっていきました。実家の自室に閉じこもるようになっていって、昼夜の生活は逆転、食生活も不安定になり、少しずつ鬱《うつ》の様相を呈してきました」

「医者にはかかった？」

「兄は病院に行くことをどうしても嫌がりました。錯乱もしていない兄を本人の承諾なしにお医者に連れていくことは困難です。ちょうどその頃、母が兄の存在のプレッシャーでノイローゼになってました。だから、母を医者に連れていくという口実で、兄も付添いの形で連れていきました。医師にはあらかじめ兄の症状を説明し、兄と面談してくれるように頼みました」

「結果は？」

「その医師からは、あなたのお兄さんは性格異常です、と言われました」

「なるほど」

「おかしいかもしれないが、それは精神病ではなくて、あなたのお兄さんがもともともって生まれた気質、性格なのだから治療のしようがない。それが答えでした」

「正直な医者だなあ」

「私は呆《あき》れ返って医師に言いました。あの兄の生活は鬱病じゃないか、って。そうしたら医師はこう言うんです。あなたは心理学の知識がおありのようだが私の診断に不服なら他の医者のところへ行きなさい。もし現在、彼が働けないことを悩み苦しみ、助けを求めているのなら鬱病だろう。しかし、彼は今の自分に悩んだり苦しんだりしているようには見えない。自らの意思であの生活を選択している。そこから助けてくれと言わないのなら、どう生きるかは個人の趣味の問題だ、と」

「まあ、その医者の言うことも一理ある」

「その翌年に、船乗りだった父が退職して家に戻ってきました。兄の様子を見て、父は怒りだしました。父には兄がただブラブラと寝て暮らしているように見えたようです。それから家族関係はどんどん悪いほうにエスカレートしていくようになりました。兄はもともと父を軽蔑《けいべつ》し、粗野で酒癖の悪い父に対して恨みを抱いていました。父のほうは、働かない男は人間のクズだと言って兄を口汚く愚弄《ぐろう》したり、説得力のないお説教を繰り返していました。そして二人はどんどん険悪になり、一触即発の状態になっていきました。もちろん、私は東京にいましたからその様子を見ていたわけではありません。でも、事あるごとに逐一、母親が電話で知らせてきました。一方的ないつ果てるとも知れないような愚痴の電話が、だんだん半狂乱に近いような興奮の電話になっていきました。家の中で相互の緊張関係が臨界点に達している、そんな感じでした。そのうちに、兄が父に対して暴力をふるうようになり、二度ほど警察が呼ばれました。二回とも民事不介入ということで再び家に帰されました。そういうざこざの中で母の血圧が危険なほど上がり、母はついに家を出て関西の妹の元に身を寄せてしまいました。つまり、家には兄と父の二人が残されたのです」

「それはまずいね」

苦い表情で顎《あご》をこする。これも国貞の癖だ。

「まずい状況でした。二人の緊張関係はピークに達して、ついに父の神経がキレて、ある晩父は錯乱して兄をガラスの破片で切りつけました。警察から連絡を受けて、私が駆けつけてみると、兄はまだ血だらけで、自室の布団《ふとん》の中でまるまってガタガタ震えていました。父もまた恐怖と疲労で憔悴《しょうすい》し、茫然《ぼうぜん》自失の状態でした。私はその状態を見て、このまま置いておくとそのうちどちらかが死ぬだろうと思いました。だから、兄を説得して自分のマンションに連れて帰ってきたんです」

え、と言って国貞が言葉を制す。

「ちょっと待って、ということは、あなたがお兄さんを引き取ったってことか？」

「そうです」

沈黙が流れた。

「何のために？」

これまでとは違う声の調子で強く質問された。

「説得してカウンセリングを受けさせようと思いました。どうしてもダメなら、私が自分で兄のカウンセリングをしようと……」

「無理だよ、そんな、家族のカウンセリングはできない。九九パーセント失敗する。それくらいわかってるだろう。君は確かに素質のある優秀な学生だったが、臨床経験はまったくない。ましてや自分の家族をカウンセリングするなんて無謀だ」

「わかってました。でも、他に方法がなかった」

「なんで私に相談しなかった？」

何度もそのことを考えたが、どうしてもできなかった。この男と兄を会わせるのが怖かった。私と男の関係を兄はすぐに見破る。兄は不思議な勘の持ち主だった。

「先生には、相談できませんでした」

私は小さく答えた。

「じゃあ、なんで今日は来られたんだ？」

「それは……」

このままだと自分が壊れる、そう思ったからだ。

兄を引き取って三カ月が過ぎた頃から、私は情緒不安定に陥った。

ただ漫然と何の見通しもなく生きている兄を見ていると苛々《いらいら》してたまらない。父と同じように怒鳴りたくなってくる。それを抑えつけていると身体《からだ》の芯《しん》がえたいの知れない醜い感情に蝕《むしば》まれていくような気がした。このまま兄と暮らしていたら自分のほうが変になってしまうと思うようになった。

年が明けて二月頃から、私は家には帰らず、当時つきあっていた男の部屋に泊まることが多くなる。最初は一週間に一度の外泊だったが、だんだんと三日に一度になり、そのうちに仕事の用事がある時にしか部屋には帰らなくなった。

たまに部屋に帰ってみると、兄は私の部屋に一人いて、私が欲しがっていたCDを買っておいてくれたり、壊れかけたサッシの鍵《かぎ》を修理してくれたりしていた。それは兄の不器用な誠意だったのかもしれないが、それがかえって私の気持ちを暗澹《あんたん》とさせた。

お金を渡すと、スナック菓子や漫画本を大量に買い込んでくる。そして、何日間か部屋にこもったまま漫画を読みながら過ごしているらしい。頼んでおいたことは一生懸命にやってくれる。その一生懸命さがかえって私を憂鬱にさせた。兄の誠意はいつもチグハグだった。私の都合と兄の都合は嚙《か》みあわない。兄が投げるボールは全部デッドボールだった。

そしてある日帰ってみると、兄は消えていた。

私は兄を探さなかった。どうせお金がないからすぐに戻ってくるだろうと思っていたのだ。その時点で、私はまだ兄が父にお金を無心していることを知らなかった。兄は父に「今度こそ本当にまともになって仕事を探す」と電話をし、そして父から百万円を無心していた。父は私に「あれは手切れ金だ」と言った。

その事実を知らされて、私は慌《あわ》てて兄を探した。捜索願いも出した。でも、その反面で、兄は本当に立ち直るつもりなのかもしれないと、楽観的なことを考えた。それは「そうあってくれたらどんなに自分は楽になるだろう」という願望だった。

兄は、消えてから約二カ月後に、腐った死体で発見された。

そして、その時に、実は自分がこうなることを確信していたことを私は思い知った。いくら楽観的なことを願っても、それはあり得ないことを、兄と暮らした半年間で私は予感していたのだ。だが、自分がなぜそう予感していたのか、その根拠が自分でわからない。自分が何を感じ、何を知ったのか、それがわからない。わかっているのかもしれないけれど、隠している。そして、今、隠したものによって脅《おびや》かされている。

「君は困ったことがあると言った。しかし、すでにお兄さんは死んでいる。では今、君が困っていることとは何なんだろう？」

「二つあります」

私は言葉を選んで慎重に答える。

「一つは、私は兄の死を知ってから、まだ一度も泣いていません」

国貞は深く頷《うなず》いた。

「もう一つは、臭《にお》いです」

「におい？」

「兄の部屋で死臭を嗅《か》いでからというもの、臭いに敏感になってしまって、死体の臭いを感じてしまうんです。人の息とか、満員電車とか、公園とか、新宿の街とか、そういう場所で、兄の死体と同じ臭いの粒子を察知してしまうんです」

「幻臭かどうか考察してみたか？」

「考えてみてもわかりません。死体と同じ臭いの粒子があることはわかる。でも実際にどこかで死体を見たわけではありません。もしかしたら本当に土に埋まった死体があるのかもしれない。でも、それを発見することはできません。自分としては幻覚ではないような気がする。だけど、幻覚の最大の特徴は、幻覚だと思えないことだということも知っています。だから、自己判断はできません」

国貞は私の話を聞き終わってから、額に手を当ててしばらく何か考えていた。これも国貞のお得意のポーズだ。人間の癖というのは本当に変わらない。私と国貞の間に流れた十年の時間はいったい何だったのだろう。まるで、時間の端と端がぐいんとよじれて接近したように、私たちはこうしてまた向きあって座っている。

「あなたの話はだいたいわかった。あなたが今、何に困っているかということもだ。あなたに起こっていることはあなたが見極め、納得することでしか解決できない。どうだろう、今はあなたは私の生徒ではない。だから患者として、私のカウンセリングを受けるというのは。週一回四十五分のカウンセリングだ。料金もちゃんと設定しよう。面接以外の場所での接触は一切なしだ。ちゃんと契約しよう。カウンセラーと患者として。そういう形であなたが不服がないのであれば、毎週金曜日の午後に時間を作る」

私は驚いて顔を上げた。

「いいんですか? 本当に」

国貞の顔はカウンセラーの表情だった。本気らしい。

「ただし、俺とあんたの間は訳ありだ。俺にとってもしんどいカウンセリングになる。もしかしたら途中で降りるかもしれない。その時は別の分析医を紹介する。それでいいか？」

　私は黙って頷いた。

「ユキ……いや、朝倉君のほうがいいな。カウンセリングは夢分析でやろう」

　夢は国貞の専門分野だ。

「来週の面接には夢をもってくること。それから、あなたが兄さんを引き取ってから、兄さんとどんなやりとりがあったのかを少しずつ思い出してメモしておくように。無理にじゃなくていい。浮かんだことがあったらどんな些細《ささい》なことでもいいから、その場でメモしておけばいい」

「わかりました。本当にありがとうございます」

「では、また来週、会いましょう」

　テレビ番組の司会者みたいに、国貞は職業用の笑顔で私にドアのほうを示した。私はその態度に少しだけ傷つきながらお辞儀をして部屋を出た。そして自分がなぜ業務用の態度で扱われると傷つくのか不審に思った。ここにきた時はこの男に微塵《みじん》の愛着すらなかったはずなのに……。

　驚いた、私はすでに国貞に依存している。恐ろしい。だから人との関係は危険なんだ。

7

ひどく疲れた。

部屋に帰ると着替えもせずにソファに横になった。西陽が部屋の中に差し込んでいる。リモコンでCDプレーヤーのスイッチを入れると、スラヴァの「アヴェ・マリア」が流れ始めた。

窓の外の羊雲がバラ色に染まっている。流れる雲を見ていたらいつしか眠ってしまった。

気がつくと目の前に古びた木造の壊れかけたアパートがある。

暗くて雑然とした路地裏の風景。妙に古めかしい。薄っぺらな現実感のない世界。

そうだ、兄が愛読していた「ガロ」という雑誌。あの中にこんな世界があった。

トイレも水道も共同のような汚いアパートの、一階の通路側が兄の部屋だ。下水道に面していて部屋の前に立つとドブ臭い。側溝の中は鼠《ねずみ》の巣だ。光る小さな目がいくつも凝視している。

部屋の中は薄暗い六畳間で、私はそこで兄と向きあって話をしている。押し入れの襖《ふすま》には変色した万年床が敷いてある。押し入れの襖には大きな蜘蛛《くも》が三匹、影絵のように張りついていた。

別に変装しているわけでもないのに、兄は私が妹ではなく別の女性だと思い込んでいる。そして私に少なからず性的な好意をもっているみたいだ。

「あなたって、変わった人ね」

私は兄を肘《ひじ》でつついてうふふと笑う。それとなく肩を寄せると兄は正座したまま身体を硬くしている。

「何かしゃべってよお」

そう言って膝《ひざ》に手を置くと、兄は欠けた前歯を見せて照れ笑いを浮かべる。

急に生理になってしまう。

トイレットペーパーを折り重ねて応急処置をするのだけれど、トレペを厚く巻きすぎて、パンツの中でずれてしまう。これじゃダメだと半分にする。すると捨てたトレペの半分に鮮血が染《し》みて床に落ちている。慌てて拾うのだけど、トイレの床に血がついて落ちない。

どうしようと狼狽《ろうばい》していると、表のほうで兄が他の住人に私のことを自慢げにしゃべっているのが聞こえてくる。

「恋人ってわけでもないけど、こうしてきてもらったら悪い気はしないやね。自分もいろいろ考えてることもあるし、まあ彼女がその気ならいいこともあるだろう」

兄の話は相変わらず一方的でちぐはぐだったけど、恋人ができたことを喜んでいるのはありありとわかった。恋人は妹なのに愚かな男だ。

兄が部屋に戻ってきたので、私は兄に生理用ナプキンを買いに行きたいと伝える。すると兄は「つきあうよ」と言っていっしょに外出することになる。ついてきてほしくないのに気が利《き》かない。

アパートの隣には江戸時代の長屋のように井戸の水場があって、住人らしい女たちが洗い物をしていた。「こんにちは」と声をかけると、女たちは驚いて一斉にぺこりと頭を下げた。人間じゃない。劇画の女たちだった。水木しげるが描いたような出っ歯のおばさんたちだ。

私はなぜか得意満面に兄と腕を組み、これ見よがしに仲良さそうにしなを作りながら劇画の女たちの前を通り過ぎる。

（こんなさえない男の恋人は、きっとロクでもない女だろうと思っていたでしょう。ちょっと私を見てびっくりしたかな）

そんなことを考えながら、兄に不自然なほどベタベタしていた。

いつしか私たちは山奥の温泉旅館にいる。

兄と友人の男女二人と旅行にきたのだ。みんなで楽しげに旅行しているのに、やっぱり兄はどこか不自然で浮いている感じだ。みすぼらしいジャンパーを着て猫背でこたつ布団《ぶとん》に丸まっている。

そういえば私は未《いま》だに兄に名前を教えていない。兄は恋人の名前すら知らないのだ。友人たちは私を「ユキ」と呼ぶ。ヤバい、兄の前で誰かが私を「ユキ」と呼んだら、さすがの兄も私が妹のユキだとわかってしまう。私は名前を呼ばれはしないかとひどく脅《おび》えている。ふと、兄がなぜ、恋人である私の名前を聞かないのだろうと、思う。思ってから、その答えを自分が知っていることに気がつくのに、その答えがわからない。

さあ、そろそろ寝ようか、ということになった。

大変だ。私は慌てふためく。兄と寝るのはいやだ。私は部屋割りを必死で考える。

兄といっしょに寝ないですむように右往左往している。

「ええと、私たちは女同士で寝るね。だって結婚前の彼女を知らない男と寝かせるわけにはいかないでしょ」

そう言って友人のほうを見ると、なんと彼女はすでに他の男と一つの布団に抱きあって寝ていた。まいったなあ、と思うけど、仕方がないので、私は兄の横に布団を敷いて並んで寝ることになる。強烈な不快感が襲ってくる。吐きそうだ。

すうっと、兄は私の肩のほうに頭を寄せて甘えてくる。べたべたとした油っぽい髪が頬につく。幼児のような甘え方に、全身にぞわぞわと鳥肌が立つ。いやだ。どうしてこの人は私を妹だと気がつかないのだろう。それともわかってはいるけど、認めるのを拒否しているのだろうか。

私は不愉快を通り越して兄の鈍感さに腹が立ってくる。

突き放してやりたいと思う。でも、もし今、私が妹だと兄に言ったら兄がどんなに嘆くかと思うと恐ろしくてたまらない。困った。騙《だま》すつもりはなかったのに騙してしまった。私はひどく後悔し始める。とんでもないことをしてしまったと思う。

「ごめん、あたし、疲れたから寝るね」

それとなく拒否して兄に背を向けるが、返事はない。

暗い闇《やみ》の中で兄の荒い息遣いが聞こえる。

拒否された兄の目が闇に鈍く光る。兄は何かを感じたようだ。


兄は私を疑い始めている。

私は妹でありながら恋人のふりをしている。同じ顔、同じ姿なのに兄は気がつかないなんて変だ。最初は兄が喜ぶと思って恋人のふりをしてたけど、まさか本当にこんなことになるなんて思いもしなかったのだ。今はバレたらどうなるのだろうと不安でたまらない。

でも、しゃべっているとだんだんボロが出てくる。兄は次第に無口になってしまう。私が妹だと知ったら、兄は狂乱し、私を殺すかもしれない。

私たちは故郷の道を駅に向かって歩いている。

私は兄に一生懸命話しかける。

「ねえ。タカは、子供の時はどんな子供だったの?」

兄は答えない。怒っているみたいだ。

「子供の時はとってもかわいい子供だったよね」

取り繕うようにそう言ってからハッとする。知っているはずのないことを私は知っている。だって妹だから、兄の子供の頃の写真を見ている。かわいい子供だった。今とは似ても似つかないような笑顔をしていた。それを知っている。知っていることが兄に伝わっている。

私は恐ろしくて、兄のほうを見ることができない。

兄の絶望と怒りが空気を通して伝わってくるのだ。黒い小さな虫が兄の内部からわいてきて、兄の顔や身体《からだ》を埋め尽くしていく。これが兄の絶望のイメージなのだと思った。

ふと見ると、なんてことだ。兄の身体がどんどん小さくなっていく。どんどん小さくなって、縮んでいく。一メートルになって、五十センチになって、とうとうしまいには十センチほどになって、手に乗るくらいに小さくなってしまった。

なんてことだ、どうしたことだ。

私は小さくなった兄を摑《つか》みあげて手の平に乗せる。兄は私の手の平でぐったりしている。その手の平に乗った肉体のリアルな重み。小猫の死体のような柔らかさ。兄は死ぬかもしれない。このまま死んでしまうかもしれない。なんとかしなければ。気持ちばかり焦《あせ》る。一刻も早く助けを呼ばなくては。

必死で駅前の公衆電話に二十円を入れて119番で救急車を呼ぼうとする。交換台

が出る。救急車をお願いしたいと告げると、

「今、霧が出ていて対応が遅れていて、到着までに三十分かかります」

と言われる。

怒りが込み上げる。そんなには待てない。泣きながら「ふざけんな」と怒鳴って電話を切る。

兄は私の手の平で柔らかくなったまま動かない。どうしよう。病院に連れていかなければ。精神科に連れていこうと思う。もう私ではどうすることもできない。やはり救急車で運んでもらうのが一番いい。もう一度、別の公衆電話の受話器を取る。

すると受話器から、

「あれ、あなたはユキさんですよね」

と声がする。なんで？　まだプッシュしていないのに。

「そうですけど、あなたは誰？」

電話が混線しているのだ。私にかかってきた電話と私がかけた電話が混線している。電話の声は電話交換手で、電話交換手は私に電話を繋《つな》ぎたがってる。でも私は電話をかけたいのだ。

「お願いだから、あたしに電話をかけさせて」

私は叫んでいる。今なら、まだ間に合う。

もう一度、大切に大切に、たくさん優しくして育てれば、きっと兄は元の大きさに戻るはずだ。私はなぜか確信している。たくさんの愛情を与えて大事にしてあげたら、きっと元の大きさに戻る。そうすればいいのだ。まだ間に合う。小さくなった兄を胸に抱えて私は祈るように呟《つぶや》く。

まだ間に合う。まだ間に合う。

ふと見ると、白い鳥の足のような小さなコンセントが一本、兄の身体から垂れていた。

8

電話の音で夢が破れた。

朦朧《もうろう》としながら受話器を取ると、カメラマンの木村だった。

「もしもし」

「ユキ？　寝てた？」

「うん」

「大丈夫か？」

「大丈夫、ちょっと夢を見てた」

夢の余韻が身体に残っている。小さくなった兄。手の平でぐったりした兄。繋がらない電話のもどかしさ。奇妙なコンセント。

「今夜、いっしょに夕飯でもどう？」

コンセント。そうだ、コンセント……。

「聞いてるのか？　おい」

「あ、うん、いいよ、夕飯。どこで？」

木村は渋谷の洋食屋の名前を言った。私は場所と時間をメモした。

「あのさ」

「何？」

「コンセントって言葉から何を連想する？」

木村はとまどったように口ごもる。何だよ、ソレ。

「今、コンセントの夢を見てた」

私は茫然《ぼうぜん》と夢のイメージを反芻《はんすう》している。

「コンセントねえ……」

それから木村は言った。

「テレビかな」

「他には？」

「うーん、やっぱり電化製品かな。掃除機とか」

兄の死んだ部屋に繋がれたままの掃除機。

「ありがとう、じゃあ七時にね」

シャワーを浴びて着替えてから、久しぶりにマンションの近所のビデオショップに寄った。

いつのまにか改装されて棚が広くなっている。盗難防止のためか入り口には物々しい探知器が設置されていた。ビデオを隠して通過しようとすると警報が鳴るらしい。私は探知されていると思うだけで鼓動が速くなってしまう。駅の自動改札でもそうだ。通り抜ける時に強いストレスを感じる。自動改札機がいきなり閉じたとたんにショック死した人はまだいないのだろうか？　こんなことにストレスを感じるのは私だけなんだろうか。

古い洋画のコーナーに行って、目的のビデオを探す。

「世界残酷物語」

うたた寝から目覚めてふいに思い出した。兄は何度か「世界残酷物語」という映画の中の、あるエピソードについて語っていたのだ。すっかり忘れていたのだけれど、夢の中の兄の身体から垂れ下がったコンセントを見たことで再び意識に浮上してきた。「世界残酷物語」は一九六〇年代の作品だ。兄はこの映画をいつ観《み》たのだろう。たぶん上映された当時は高校生だったはずだ。テーマ曲が大ヒットした。私は小学生だったけど、この曲は覚えている。「モア」という美しい曲だ。

棚に並んだビデオを順繰りに目で追っていくと「世界残酷物語」はすぐ見つかった。しかも三本並んでいた。「続編」と「続々編」があったのだ。ちょっと迷ったけれど、三本とも手に取ってカウンターに向かう。このビデオの中に、兄の死の謎《なぞ》を解く鍵《かぎ》があるかもしれないのだ。それにしても「世界残酷物語」とはなんとも悲惨なタイトルだ。観る前から気が滅入《めい》ってしまう。

青いビニール袋に入ったビデオ三本をショルダー・バッグにしまって、私は渋谷に向かった。


渋谷の街はあまり好きじゃない。

歩いていると頭痛がしてくる。あの坂の下のすり鉢の底のような駅前付近に行くと、ひどく酸素が足りない気分になる。約束の店は、道玄坂を少し上がった場所にあった。坂を登って人通りが減るとほっとした。

雑居ビルの一階にあるビストロ風の店内に入っていくと、木村は先に着いていて、窓際《まどぎわ》のテーブルに妙にかしこまって座っていた。仕事の帰りらしくカメラバッグが隣の席に置いてある。小さな頭にアポロキャップを目深《まぶか》にかぶって、外を見ている。性格の素直さが佇《たたず》まいに表れているような男だ。それが私には落ち着かない。すれた人間のほうが肌になじむ。清廉《せいれん》な人間は気詰まりなのだ。木村はいつも礼儀正しい。あまりに礼儀正しくて、だからかえって新人くさい。カメラマンとしていまひとつ成功しないのは、もしかしたらこの礼儀正しさのせいかもしれない。クリエイターは少しくらいわがままで無遠慮なほうが有能に見えるから。

「ごめん、待った？」

声をかけながら、木村の前に座る。一瞬、臭《にお》いのことが頭をよぎるけれど、振り払って無視をした。

「いや、さっききたばかり。すぐ場所わかった？」

「うん。すぐわかった」

メニューがきたので、ワインと料理を選び、それから改めて顔を見合わす。真正面から見ると木村は三十三歳という年齢のわりには子供っぽく見えた。

「もう、身体の具合は大丈夫？」

「うん、なんとかね」

「そうか、それはよかった。この間行った時、臭いのこと言っていたろう？　なんだか気になっちゃって。俺って臭いのかなあ、とかいろいろさ、本気で風呂《ふろ》で洗った」

「あははは、ごめんごめん。失礼だよね、いきなり臭うとか言って」

「実はまだ、病院には行っていないんだ」

「やーだ、いいわよ行かなくて。私が変だったんだと思う。ちょっといろいろあったから神経質になってたんだよね、もう気にしないで」

木村は私をいたわるように微笑《ほほえ》んだ。それから、ワインで乾杯して、他愛ない仕事の話などしながら料理を食べて、あらかたお腹《なか》もふくれた頃に、いきなり木村が切り出したのだ。

「あのさあ、どうだろう。俺たち、結婚しないか？」

私は自分の聞き間違いだと思って「え？」と聞き返した。

「だからさ、結婚」

「結婚？」

「そう」

「誰が？」

「だから俺と君が」

思わず吹き出してしまった。

「やめてよ急に、どうしたのよ」

「どうもしないよ。昔からユキのことは好きだった。機会があれば真面目《まじめ》につきあいたいと思っていた。だけど、機会を待っているといつになるかわからない。この間、お前から誘われた時はものすごく迷った。とまどった。ずっとお前のこと見てきたから嬉《うれ》しかったけど、だけどここで寝ちまったらそれだけの関係になってしまうと思うと悲しかった。ずいぶん考えたよ。どう言ったらコイツは俺と向きあってくれるんだろうって。悩んでたらいきなりお前の兄さんが亡《な》くなって、ますます言い出しにくくなった。だってそうだろ、肉親の葬式を終えて帰ってきた女性に、いきなり求愛してもいいものだろうか、って思うだろ。だけど、このまま時間を置いたら完全にきっかけを失ってしまうと思った。非常識なのはわかってる。すぐに結婚しようって意味じゃない。結婚を前提にしたつきあいをしようという提案だ。これを言わないと永遠にお前にはぐらかされると思ったから」

本気みたいだった。私はため息をついた。何を言ってるんだか、この男は、と思った。

「あなた、私のことをよく知ってるじゃない」

「知ってる」

「だったら、私がどういう女かもよく知ってるじゃない。みんなからどう思われてるかも、よく知ってるじゃない。それで私と結婚しようなんて、なんでそんな気になれるわけ？」

木村は怒ったように私を睨《にら》んだ。

「ユキの男関係のことか」

「他に何があるっていうのよ。私がどれくらい男にだらしないかは、あなただってよく知ってるじゃない。ヤリマンで仕事相手とすぐ寝るって、昔から有名なの知ってるじゃない。この間の酔っぱらった私を見たでしょう？　あれが私よ。それともまさか責任とろうとか思ってないでしょうね？　自分じゃよく覚えてないんだよ、変な気を回すのやめてよね」

自分でも露悪的だなと思ったけれど、言葉が先に出てしまった。

「そういう投げやりな言い方はやめろよ。お前のことをそんなふうに言う奴《やつ》はいない。被害妄想だ。それは周りの人間に対して失礼だぞ」

「……ごめん」

手元にあったグラスの水をごくごく飲んだ。

「ユキは確かに変なとこがいっぱいある。だけど、それをさっぴいても俺はお前が好きだったんだからしょうがない。ユキのことはよく知ってるよ。つきあいは長い。もう五年になる。俺の知る限りユキはいい奴だ。明るいし、元気だし、いっしょにいて面白い。男にモテる。ところが、お前は自分から誘惑して全部自分から振るんだ。だからといって別にスレてるわけでも、遊んでいるわけでもない。興味があるのは株だけだと言う。そんな女いるか？ そのくせ金に興味がない。優しいのか冷たいのかわからない。なに考えてるんだかわからない。だけど、なんだか見てられない。ユキを見てると苦しくなる。苦しくなるくらいならいっしょにいたほうがましだと思った。遠くから見ているんじゃ心配でたまらない。黙って俺といっしょになれよ」

木村はつとめて明るくしゃべっているみたいだった。

「いやだよ」

「なんでだよ」

「私、あなたのこと全然好きじゃないもの」

これは本心だ。

「きっとそのうち好きになるよ」

「ならないよ」

「なんでわかるんだよ」

「だって、あなたっていい人すぎてつまんないんだもの」

「ひどいこと言うなよ」

「こういうことってはっきり言ったほうがいいと思う」

「返事は急がないよ」

「ばかみたい。くだらないから帰るわ」

バッグを摑《つか》んで立ち上がり、逃げるように一人で店を出た。

私を呼ぶ声が聞こえたけど、振り向けなかった。動揺していた。

自分はそんなに不安定なのだろうか。木村が私をほっておけないと感じるほど揺いでいるんだろうか。ちゃんと自分を理解しているると思っているのに、人から見ると変なんだろうか。見透かされたようでいたたまれない。何かがうまく嚙《か》みあわない。それはわかる。ひどくちぐはぐな感じだ。しっくりこない。生きるのが苦手だ。だけど、うまく隠し通してきたつもりだった。それなのに、あの朴訥《ぼくとつ》な木村が不安に感じるほど、私は変なのか。

夢中で道玄坂を下る。べたべたとまとわりつく渋谷の熱気で身体《からだ》が汚れていく。熱い。なんでこの街はこんなに熱くて不快なんだろう。人込みを縫うようにセンター街の入り口まできた時に、私の足はふいに止まった。

またた。あの臭いだ。

赤紫の夜空が迫ってくる。臭いの源泉を探ろうとあたりを見回す。身体が雑踏に押される。たくさんの男や女、色とりどりに染めた頭髪、剝《む》き出しの素足、はだけた胸、口から吐き出される息、匂《にお》い立つ無数の体臭。地面がぐにゃりと柔らかくなって、膝《ひざ》から力が抜ける。する。確かに、あの臭いがする。腐った死体の臭いだ。どこからだろう、わからない。センター街の奥のほうからのような気がする。いや違う、この街全体に死体の臭いが蔓延《まんえん》しているような気もする。吐き気がした。足下が揺れる。立っていられない。

崩れそうになる瞬間、後ろから誰かに腕を摑まれた。振り向くと木村だった。また、ぷんとあの臭いがした。「大丈夫か？」と木村の口元が動く。その口からあの臭いが湧《わ》き上がってくる。腐った魚の臭いだ。私は恐ろしくて、木村を突き飛ばして一目散に逃げた。

9

「調子はどうですか？」

国貞はゆったりした口調で、私を見つめる。ソファに深く腰を落とし、両手を膝の上に組んでいる。いつもの姿勢だ。私は深呼吸をしてから目を閉じて考えをまとめる。今、この瞬間、なるべく正直に、あるがままに、素直に、国貞の前に存在するために。

「三日前に、渋谷で、軽いパニック状態に陥りました」

言葉を選びながら私は慎重に答える。

「それは、どんな状況で？」

「街を歩いていたら、急に死体の臭いがしたんです」

「それだけ？」

私は口ごもる。

「言いたくなければ、無理に話さなくてもいいんだよ」

「いえ、その前に、ある男性といっしょでした」

「その日、あなたは、男の人と会っていたのだね」

国貞の口調は変わらない。受容的な優しいトーン。カウンセリングのマニュアル通りの。

「その男性から、プロポーズされました」

「プロポーズですか？」

「はい。でも、意に染まなかったので断りました。断って、店を出て一人で歩いている時に、臭いを感じて立ち止まっていたら、男性に腕を摑まれました」

「彼はあなたを追ってきたんだね」

「その男性から、死体の臭いがするんです。いつも」

「いつも？」

「はい。前回会った時も。そして今回も」

「それでパニックに？」

「たぶん」

「そうか……。どう、今、しんどい？」

「今は、大丈夫です。落ち着いています」

「その男性の身体から臭いがするの？」

「身体というか……、口からです」

「強い臭い？」

「いいえ。本当にかすかな臭いの粒です。いろんな匂いの層に紛れて混じっているんです」

「彼以外からも、臭いを感じることはある？」

「ときどきあります。なんだかどんどん敏感になっているような気がする。今日、ここにくる途中の住宅街の中で急に感じました。あの死体の腐った臭いそのものなんです。ごく普通の住宅街で、似たような一戸建てが並んで建っている通りです。死体というよりも、腐った血の臭いみたいでした。もしかしたらどこかの庭で、猫が死んでいたのかもしれない」

「夜は眠れている？」

「はい」

「睡眠障害はないんだね」

「はい」

「先週会ってから、今日までの間に、夢は見たかな？」

「見ました……」

「どんな夢だったか話してみようか」

私はバッグから夢を記したメモを取り出す。夢日記をめくりながら「兄が小さくなる夢」という自分の文字を見つめる。

「先週に先生とお会いして自宅に戻ってから、うたた寝をしました。その時に見た夢です。すごく鮮明な夢でした。私が、兄に嘘《うそ》をついて兄の恋人を演じているという夢なんです」

「手の平でお兄さんが小さくなっていくんだね？」

「はい」

思い出すと辛《つら》くなる。

「自分ではこの夢をどんなふうに感じる？」

「事実だったのだと思えます。私は何かとてもエロチックな方法を使って、最後に兄にアプローチしようとしたのだと思います。性的なエロスの力を借りて、それによって兄に力を与えようとしたのだと思います。つまり、私は恋人の役目をすることで、兄の弱った心に生命力を与えようとして失敗したんだと、夢は言ってるんじゃないでしょうか。そんな気がします」

「なぜ、そう思うの？」

「兄を実家から自分の部屋に呼ぶ時に、私は兄にプロポーズしたんです。二人でがんばってみようって。きっとなんとかなるからって。ものすごく誠実に、真剣に、そう語って、説得して、部屋から一歩も出なかった兄を家の外に引きずり出してきたんです」

「誘惑したんだね？」

「そうです。兄を説得した時、自分でもいやらしいな、と思うほど女であることを利用したような気がします。そうしないと兄は自室から一歩も出てこないだろうと確信してたから」

国貞は大きく頷《うなず》いた。

「気持ちはわかるね、妹とはいえあなたは兄さんにとって魅力的な異性だ。危険な戦略だが、成功する確率は高い」

「他に方法が思いつかなかったんです。このままにしておいたらいつか家族が殺し合うと思った」

兄が初めて私の部屋にやってきた時、私は兄のために洋服とパジャマと洗面道具を揃《そろ》えておいた。まるで恋人を迎えるみたいに兄を受け入れる準備をした。

兄の格好はひどいものだった。その時の兄には自分の身体を清潔に維持するだけの心の力が残っていなかった。自分をきれいにするという行為は、強い自我の力を要するのだ。兄は顔を洗うどころか歯も何カ月も磨いていないらしい。前歯が二本、炭酸飲料水の飲みすぎで溶けていた。肝臓が悪いらしく顔は土色で、顔中に細かな湿疹《しっしん》が出ていた。一年にわたる不摂生と昼夜逆転の生活は、兄の体力をすっかり奪っている。肌は乾燥してささくれだち、目は黄色く濁っていた。兄は、主食はスナック菓子とコーラで、それ以外のものを食べるとげえげえと吐いた。

私は兄を着替えさせて、無理やりに風呂《ふろ》に入れた。最初は抵抗したが、ていねいに優しく諭すとしぶしぶ風呂に入った。あの時、私の部屋までやってきて、風呂に入るために兄が費やした心的エネルギーはどれくらいのものだったのだろう。普通の人間がエベレストに登山するくらいのエネルギーだったんじゃないだろうか。だから、そんな力を呼び起こすために、私は兄に恋人のように優しくしたのだ。無意識に。身体を拭《ふ》いてやって、ドライヤーで髪を乾かしてやった。兄は驚くほどされるがままになっていた。子供みたいに。そうして、兄と私の生活は始まったのだ。

ふう……。と国貞は軽くため息をついた。

ブラインド越しに午後の陽が差し込んでいる。静かすぎる。このカウンセリングルームはいつも静かすぎる。淡いクリーム色の壁を眺めていると、とりとめのない気持ちになる。静かで清潔すぎるから、この部屋はあまり好きじゃない。

「ところで、君にプロポーズした男性のことを質問してもいいかな？」

机に肘《ひじ》をついて両手に頭を乗せた姿勢で、国貞は私のほうを見た。

「君は、その男性のプロポーズを断ったと言う。ではなぜ、その男性は君にプロポーズしたのだろう。どこかで受け入れられるという目算があったからじゃないのかな」

「わかりません。昔からの友人だったけど、まさか結婚を考えてるなんて思いもしなかった」

「では、向こうが一方的に盛り上がったと？」

「それは……、違うかもしれません。私が誤解させるような行動をとったから、たぶん……」

「誤解させる行動とは？」

「それはつまり……その、一度、酔ったはずみで寝ました」

「あなたから誘惑した？」

「そんなつもりはないです」

「でも結果的にはそうなった」

「そうかもしれません」

しばしの沈黙。私は誘惑という言葉を何度も反芻《はんすう》した。私は誘惑してたんだろうか、木村を。

「誘惑者なんだよ、ユキは」

国貞は困ったような口調で呟《つぶや》いた。

「誘惑者？　私がですか？」

「そう」

「何のために？　どうして？」

国貞は黙って首を横に振った。自分で考えろ、ということだ。私は兄のことも、木村のことも誘惑したのだろうか。何のためにそんなことをする必要があるというのだろう。二人のことを交互に思い浮かべているうちに気味の悪い考えが浮かんでぞっとした。

そういえば、兄と木村はどこか似ているのだ。

「今日はこんなところにしましょう」

そう言って国貞は立ち上がると、私を追い出すようにカウンセリングルームの扉を開けた。大学の新館の真新しい廊下がギラギラする。

「来週はもう少しお兄さんとの生活について聞きたいので、まとめていらっしゃい」

私は頷いて頭を下げる。「じゃ、さようなら」そう言って国貞は扉を閉めた。バタン。目の前の白い扉を見ていたら苦い粒々が胸の中にゆっくりと沈殿していく。なんだか苛々《いらいら》する。扉を叩《たた》き壊したいような衝動を感じて、私は両腕を押さえた。

10

また眠ってしまったらしい。

時計を見ると午後八時だった。国貞と面接した日はいつも疲れて寝てしまう。夢を見ていたような気がするけれど、思い出せなかった。

中途半端《はんぱ》な時間だ。一人で部屋にいると妙な人恋しさが込み上げてくる。この世から忘れ去られたような気分。誰かといっしょにいたいと思う。男の胸の中にすっぽりと収まって、うつらうつらしながら愛撫《あいぶ》を受けたいと思う。誰かの身体《からだ》で自分を確かめたいと思う。でも、この欲望に摑《つか》まってしまったら、きっと自分は夜の街に男を探しに出かけてしまう。そう確信できた。こんな精神状態で行きずりの男と寝るのはまずい。

私の中の何かが私に警告をする。まずいよ。衝動を抑えないと、制御できなくなるよ。

冷凍庫からズブロッカの瓶を取り出して一口飲んだ。冷たい口臭予防剤のような薬っぽい液体が頭の芯《しん》をクリアにする。

そうだ、ビデオを観《み》なくちゃ。「世界残酷物語」のどのシーンに兄がこだわっていたのか、それをつきとめなくちゃいけないのだった。

青いビニール袋からビデオを出してデッキにセットした。

気味の悪い映像が続くので、早送りをしながら目的の映像を探す。一通り観たけど「世界残酷物語」にはそれらしい映像がない。やっぱり、兄の妄想だったんだろうか。

「続世界残酷物語」のほうを挿入する。先住民族の宗教的な儀式や、動物虐待《ぎゃくたい》の映像が続く。これでもない。三番目のビデオをデッキに入れる。いくぶん目が疲れてきた。

ズブロッカのロックをちびちび飲みながらビデオを早送りしていると、場面がとある病院のシーンに飛んだ。慌《あわ》てて再生ボタンを押した。

カメラがパンして、一人の子供が画面の左端からゆっくりと登場する。画像が悪い。ホームビデオで撮影したような画像だ。十二歳くらいの白人の男の子だった。

年配の看護婦が彼を手招きしている。男の子はまるで人形のように微動だにしない。看護婦がいくら呼んでも彼はまったく反応を示さない。魂の抜けたように立っている。病室の薄汚れた壁を背景にして少年は静止している。カメラが真正面から少年を写し出す。何も見ていない虚《うつ》ろな目。枯木の穴のような目。少年の手には、細いヒモが握られている。手からだらんと床に垂れている。それは、一本の白いコンセントだった。

看護婦が何か呟いて、コンセントを電源に差し込んだ。

すると少年は、突然反応し、周囲を見回し、のろのろと生きることを始めたのだ。

ナレーションが入る。

「この分裂病の少年はコンセントが繋《つな》がっている時だけ、生きることができるのです」

これだ、と思った。この少年の話を、兄はときどき私にしていたのだ。

なあ、ユキ。「世界残酷物語」っていう映画を知ってる？　その映画を俺はずいぶん前に観たんだけど、忘れられないシーンがあるんだ。映画の中に分裂病の男の子が出てくるんだよ。その子はな、コンセントを入れないと動けないんだ。コンセントを抜くと、動きが止まってしまうんだよ。なんでだろうなあ。どうしてそうなってしまったんだろう。男の子とコンセントはいったいどこで繋がっているんだろう。俺は不思議でしょうがない。なあユキ、分裂病って遺伝なんだろうか。お前は詳しいんだろう、教えてくれよ。その男の子がコンセントを入れないと生きられないのは、そいつのせいなのか。それとも親のせいなのか。何が悪かったんだ、なんで狂ってるんだ。分裂病として生まれたらそれは運命なのか。なぜ、その子はコンセントを入れないと生きられないんだろう。その理由は何なんだろう。

兄さん、精神病には遺伝的な要素もあるけど、すべてがそうだとは言い切れない。実はまだ精神病の発病のメカニズムは解明されていないんだよ。人がなぜ心を病むか、人間はまだその謎《なぞ》を解明していないんだよ。私はそんなふうに答えたと思う。

なぜ、自分はこんなにも生きがたいのか、そう兄が私に問いかけているのだと感じた。だけど、私にはその質問への答えがなかった。そんなこと、わからない。そんなことは永遠に誰にもわからない。その答えを探すのが生きるということなんだ。そうでしょう。そう言ったような気がする。

兄が死んだ部屋の、掃除機のコンセントに私がこだわっていたのは、兄からこの少年の話を聞いていたからかもしれない。潜在意識の情報が、コンセントに繋がれた掃除機によって喚起されていたのだ。夢の中で、兄の小さな身体からコンセントが出ていたのも説明できる。

ビデオの中の少年は、まるで自分が電気で動く機械だと思っているみたいだ。人間であることを拒否して、機械として生きることを選んでいる。それはなぜなのか。たぶん機械であるほうが彼にとって生きやすいからだ。それはなぜなのか。どんな原因の結果なのか……。そんなことは誰にもわからない。

兄もまた、自分でコンセントを抜いたのかもしれない。

掃除機のコンセントを繋いだ時、彼にフラッシュバックが起こりビデオの少年が蘇《よみがえ》る。その瞬間に、兄はなぜ自分が人間として生きているのかわからなくなった。掃除をしようとする自分、掃除をしてこの部屋を維持し続けなければいけない自分、この現世を生き続けなければいけない自分。その必然性がわからなくなった。そして自らのコンセントを引き抜いたのだ。

兄はコンセントを抜いた。だけど、じゃあコンセントっていったい何なのだ。兄にとって、少年にとって、コンセントは何を意味するのだろう。コンセントを通して送られてきていたものは何？　切断されたものは何？

電話が鳴った。

呼び出し音に驚いて我に返った。気がつくとビデオが終了して画面がテレビに変わっている。慌てて受話器を取りに立ち上がる。少し頭痛がした。考えに集中していたために現実の遠近感が摑めない。耳に飛び込んできたのは妙に快活な木村の声だった。なぜか不愉快になった。

「何なの?」

「そんな怒った声を出すなよ、悲しくなる」

「あなたがこのまえ変なことを言いだすからよ」

「この間は悪かった、ちゃんと帰れたか?」

「ちゃんと帰れたから今ここにいるんじゃない」

私は何をこんなに怒っているんだろう。

「俺さあ、すぐにでも電話したかったんだけど、あんまりすごい目でユキに睨《にら》まれて突き飛ばされたもんだから、勇気がなかったんだよ、もうショックでさ」

何もなかったかのように木村は明るい。自分一人の世界に侵入されたから、だから私は怒っているんだ。木村の声に波長を合わせるためにチューニングしなくちゃいけない。それがめんどうなのだ。

「あの時は、ちょっと具合が悪くて変になってたみたい……気にしないで」

木村から逃げたことには罪悪感を覚えていた。

「いや、いいんだ。俺、反省したんだよ」

「何を？」

「ユキを心配だとか言いながら、睨まれて突き飛ばされたくらいでメゲてた自分をさ。そんなんじゃとてもじゃないがお前のことは守れないと思った。もうこれからは遠慮しない。どんなに嫌がられてもくっついていく。そうでなきゃお前とは離れてしまう。俺、久しぶりに自分の気の弱さを猛烈に反省したんだ」

思わず吹き出してしまった。チューニングが合ってきた。

「木村さんって、昔からこういう人だったっけ？　なんか意外」

「お前は俺のことを単なるいい人だと思っているだろう？　それは間違いだぞ」

「そうなの？」

「そうだ。俺は馬鹿《ばか》がつくほどものすごくいい人なんだ」

「あはははは」

「よかった、やっと笑ったな」

「ねえ」

「何だよ」

「私とつきあうと、私ものすごくあなたのこと傷つけちゃうかもしれない。それが怖い」

「そうか」

「もう電話しないで」

「いやだ。傷つくのは俺の権利だ」

木村はそれからこう付け加えた。

「ユキが抱えてるものが何なのかわからないけれど、俺はお前を助ける。何ができるかわからないけど、そうしないといけない気がした。お前が直面してるものと俺も向きあう。だから俺を信じろ。一人じゃ潰《つぶ》れるぞ。この間、ユキと初めていっしょに過ごして、そう確信したんだ」

一瞬、その言葉の意味を計りかねた。

「私、この間酔っぱらった晩に何かしたの？」

「大したことじゃない」

「教えて、お願い、何があったの？」

私は必死で受話器に叫んだ。

「これを言ったら、俺はもうお前の仲間だぞ。いいか？　俺を避けるなよ、約束しろ」

「わかった。約束する。だから教えて」

木村はひと呼吸置いてから、こう言った。

「あの晩、お前はベッドの上で、天井の隅を見つめて呟《つぶや》いたんだよ。兄さんがあそこで見ている……って」

無人踏切の向こうに立っていた兄が振り向き、そして消えた。

11

たった一人洞窟《どうくつ》の中の暗いお風呂《ふろ》に入っている。

どこだろう、ここは。ぴちょんぴちょんと岩天井から滴《しずく》が落ちている。蠟燭《ろうそく》の灯りがほろほろと洞窟の中を照らしている。お湯はあんまりきれいじゃない。ああ、そうかこれは夢なんだ。私はまた夢を見ているんだ。夢ばかり見ている。だんだん夢と現実の境目が曖昧《あいまい》になってくる。もう何が夢で、何が現実なのかわからないよ。夢が決壊して外に漏れ出している。

そろそろ出ようと思う。穴の出入り口に向かって湯の中を進んで行く。

廃屋のような脱衣所で浴衣《ゆかた》に着替える。

温泉みたいだ。私はどこかの温泉にきているんだ。浴衣を着て、旅館の暗くて細い廊下を歩いて行く。すると廊下の途中で国貞と出会う。

国貞も浴衣を着ている。私を見てにやりと笑う。それから私の腰に腕を回して身体をすり寄せてくる。

「先生、いけない。ゼミのみんなに見つかってしまうよ」

「大丈夫だよ」

そう言って、国貞先生はキスしてくる。

「だめだよ」

手をふりほどこうとするのだけど、離してくれない。浴衣の前がはだけて、国貞先生の指が太腿《ふともも》を這《は》って上がってくる。

「国貞先生、合宿を始めますよ」

と女子学生が怒鳴っている。

本田律子の声だ。そうだ、ゼミのみんなで合宿にきているんだ。こんなことしてられない。

慌てて研修室に入って行くと、もうみんな集まって発表の準備をしている。私だけが浴衣を着ていて場違いだ。着替えてこようかどうしようか迷っていると、国貞先生がやってくる。先生も浴衣で、みんなは私たちを不審に思っているみたいだった。恥ずかしい。

また国貞に愛撫《あいぶ》されている。

国貞は私の身体《からだ》に乗って、執拗《しつよう》に乳房を舐《な》めている。畳の目の冷たい感触が頬に伝わってくる。国貞はていねいに右の乳首と左の乳首を交互に同じ回数だけ舐めている。

「形が変わっちまったらいやだろう」そう言いながら飴玉《あめだま》を舐める子供みたいに夢中で舌を這わせる。

なんだかかわいいな、と思う。もっと他のところも舐めてくれたらいいのに。私はもうすっかり欲情して濡《ぬ》れている。自分で触ってみようかと思うのだけど、浅ましいような気がしてできない。早く指を入れてくれればいいのに。

「足を開いてごらん」

と命令するように国貞が言う。反抗したくなる。

「いやだ」

「舐めてやらないぞ」

「いやだ」

私は何が可笑《おか》しいのかくすくす笑っている。そこに、どやどやとゼミの学生たちがやってくる気配がする。いけない、見つかってしまう。慌てて起き上がり、乱れた浴衣の裾《すそ》を直す。国貞も動転してなぜか押し入れの中に隠れてしまう。

襖《ふすま》ががらりと開いて、五、六人の学生が雑談しながら入ってくる。先頭はまた本田律子だ。部屋に入るなり持ち前のカンの良さで空気の違いを察知している。訝《いぶか》しげに部屋を見回してから、浴衣の前を直している私をじろりと見下ろした。軽蔑《けいべつ》されている。本田律子は私と国貞のことをすべて知っているみたいだ。

部屋でみんなの歓談が始まると、なぜか押し入れの中の国貞がカナヅチを打ち始めるのだ。

私たちの頭上を、コンカン、コンカンと国貞の打つカナヅチの音が響いていく。

「なあに、あの音?」

本田律子が不審そうに部屋を見渡しながら呟く。

コンカン、コンカン、コンカン、コンカン。

みんな黙ってしまう。本田律子が真っすぐに私を見る。

私はこれではさすがに私と先生のことがみんなにバレたと思い観念する。そこで押し入れの中に向かって言うのだ。

「先生、私との関係をみんなに説明してください」

カナヅチの音が止まる。国貞が何と答えるか、私はドキドキしながら待っている。

すると押し入れの中から国貞が言う。

「俺は、ユキとは最後までやっていない」

12

「何か私に言いたいことがあるのでは？」

面接時間も終わりに近づいた頃、国貞が作り笑いを浮かべて言った。

「なぜですか？」

「理由はないけど、そんな気がしたんでね」

確かに、今日はまだ話していないことが一つあった。

「この間、先生の夢を見ました」

椅子《いす》に座り直して一息ついてから、私は正直に告げた。

「ほう、どういう夢」

男は身を乗り出す。

「先生とセックスする夢」

それを聞くと、国貞は、腰を浮かせて座り直した。

「話せる？」

私は頷《うなず》いて夢の内容を話し始める。なるべく克明に。国貞は目を閉じて俯《うつむ》きながら聞いていた。動揺している様子はなかった。

「俺はまだユキとは最後までいってないって、そういうふうに先生は答えたんです。押し入れの中から声だけが聞こえました。そこで夢は破れました」

冷静にしゃべったつもりだったのに、気がついたら腋《わき》の下が汗ばんで冷たくなっている。国貞はぼんやりと薄目を開けて、ふふふと自嘲《じちょう》気味に笑った。

「私はまだあなたに全然信用されていないみたいだね」

机の上のペーパーウエイトを指でもてあそびながら国貞が言う。天使の形をした真鍮《しんちゅう》のオブジェだ。

「そうですね。そう思います。私はまだ先生を信用していません」

「それでも続けるかい？」

天使がごろんと転がった。答えられない。沈黙。急にクーラーのモーター音が大きくなる。

「先生は……。先生は、私のことを憎んでいないんですか？」

一番聞いてみたかったこと、でもどうしても聞けなかったことを私はついに言葉にした。今、この男は私に対してどんな感情をもっているんだろう。国貞の言葉で聞きたかった。だって、もしかしたらこの男は私に復讐《ふくしゅう》するために会っているかもしれない。そう心のどこかで思い続けていた。心を許した後で国貞に突き放されたら、私は発狂するかもしれない。

国貞は一瞬口ごもり、それから少し顔を赤らめ顎《あご》を撫《な》でた。彼が言いにくいことを告白する時の癖だ。

「恨んでいないことはないなあ」

国貞の指がゆっくりと天使の羽を愛撫する。

「あなたにずいぶん苦しい思いをさせられたし、傷つけられたからねえ。おじさんの失恋は痛手が大きいんだよ。結婚してから女房以外の女と関係をもったのは、実はユキが初めてだった。あんなのっぴきならない状態になるとは自分でもまったく予想もできなかったが、理性を失うくらいお前にのめり込んでいたと思う。あの時は俺はまだ四十歳だった。思秋期に入ったところだ。お恥ずかしい話だが、青年期にやり残した恋愛成就《じょうじゅ》というテーマを、夢中で生きてしまった。理屈ではわかっていたが、失恋ってのはアイデンティティ・クライシスだ。身をもって体験したね。貴重な体験だったと思うよ。自我が崩壊するのは辛《つら》いもんだ。よくわかったよ。正直なところ、あなたのことを思い出すのはとても苦しい。裏切られた思いは未《いま》だに心の底にある」

私は問いつめる。

「じゃあ、どうして先生は、私のカウンセリングを引き受けてくれたんですか？」

国貞は少し厳しい表情で身を乗り出した。

「俺は医者だぞ。目の前に苦しんでいる人間がいたら、それがすべてだろう？　今、ここに、苦しんでいるお前がいたら、そっちが優先だ。そう思うほど、お前さんが苦しそうだった。それだけだ」

なぜか鳥肌が立った。

「あなたが私を信頼できないように、実は私もあなたを信頼していないよ。今はまだお互いが平行線の状態だ」

「そうですね……」

長い沈黙の後、国貞が「今日はここまでにしましょう」と立ち上がった。

確かに国貞を信頼していない。私には国貞に話すことができない事実がある。

兄の姿を無人踏切りで見たこと。木村と寝ている時に兄の姿を見ているらしいこと。

そのことを国貞に話すべきかどうか思いあぐねている。

もし、話したら国貞はどう思うだろうか。冷静に考えれば、それは私の心が作り出した幻影だ。他愛のない影、もしくは光の悪戯《いたずら》。そんなものを兄と見間違ったのだ。なぜなら私は兄の存在をずっと無意識のうちに気にかけていたから。これは非常に納得がいく説明だ。

もう答えがわかっている。心理学という学問が出す答えがわかっている。だとしたら、あえて問題提起する意味はあるのだろうか。

学内にある公衆電話から部屋の留守録を聞いた。

私は普段は携帯電話を使わない。三分以上耳に当てていると電磁波を感じて頭痛がしてくるのだ。低音で鳴き続ける虫が耳管《じかん》に入ってしまったような不快感が起こり、次第にこめかみや鼻の末梢《まつしよう》神経が痙攣《けいれん》するように痛みだす。

留守録には仕事の電話が何本か入っていた。そろそろ本格的に仕事に復帰しなくてはならない。いくら喪中とはいってもこれ以上依頼を断り続けたら仕事がこなくなる。わかってはいるのだが、取材に出るのが億劫《おつくう》でたまらない。月刊誌にもっている担当ページを編集部内のピンチヒッターにまかせていた。もし、来月もページ担当を降りたら、私は収入源の半分を失うことになるだろう。

早くこの状態から立ち直らなければと思う。どこが悪いというわけじゃない。ただ、軽い鬱《うつ》状態なのだ。鬱から抜け出すには焦《あせ》ってはダメだ。よくわかっている。答えはみんな知っている。

ミンミン蟬《ぜみ》の鳴く大学の構内をぼんやりと歩いていたら、いきなり背中をドンと叩《たた》かれた。

振り向くと、白衣を着た本田律子が立っていた。一瞬、夢と現実の区別がつかなくなって、ぽかんと律子の顔を眺めてしまった。

「朝倉さんでしょ？　久しぶり。覚えてるかなあ、ほら、同じゼミだった本田律子」

やっぱり本田律子だ。本物だ。

「もちろん、覚えてるわよ、お元気？」

律子の笑顔があまりに馴《な》れ馴《な》れしいので、私はとまどっていた。あれ、もしかしたら私はこの人とうんと親しくて、そのことをただ忘れていただけじゃないのかしら……って。

「なんでここに？」

二人で同時に同じ言葉を口にして、目を見合わせて吹き出した。それから律子に誘われるままに、学内にある自販機コーナーの椅子に腰を降ろした。クーラーが効いていないのでひどく暑い。自販機に小銭を投入しながら話す律子は、まるで十年前からの親友のようだ。

「実は私ね、文化人類学を専攻し直したのよ。それで院に進んで、三年ほど沖縄でフィールドワークをして、去年から北村研究室の助手として大学に戻ってきたの」

だんだん律子の記憶が鮮明になってくる。そういえば、私は律子に少なからずコンプレックスを抱いていたようなところがあった。律子はいつも明晰《めいせき》で、自分の目標をはっきりと見据えているタイプだった。迷いがない。さっぱりした姉御肌で、ゼミの仲間たちからも信頼を寄せられていた。私とはまったく違うタイプの人間だ。

「朝倉さんは、確か卒業後はマスコミ方面に進んだのよね」

ちょっと遠慮がちに律子が言う。

「マスコミっていうほどたいそうなもんじゃないわ。ただのフリーライターよ。しかも専門は金融関係でね、大学で勉強したことなんかちっとも役に立ってないわね」

しかも失業寸前だ。

「意外だなあ。私は朝倉さんは心理職のほうに進むと思ったわ。あなたすごくセンス良かったし、なにより国貞先生の秘蔵っ子だったから」

ああ、と私は曖昧《あいまい》な返事をした。律子は全部知ってるんだろうな、と思った。だから夢に出てきたんだ。今さら隠してもしょうがない。

「転移しちゃったのよ、国貞先生に。すったもんだがありましてね、自分を自己規制できなかった。それでね、やめちゃったの。私なんか人の心を扱う資格なんかないって思ったから」

「ふーん、そうだったのか。なんとなくそういうムードだったものねえ」

十年の時間を感じる。こんなことを律子と平然と話せるようになるものなのだ。

「やっぱりバレてた?」

「まあね。みんな薄々感じてて、男の子たちはけっこうショックだったみたいよ。うちのゼミって朝倉さんに好意をもってる男ばっかりだったからさ」

意外だった。そんなこと、これっぽっちも感じたことがなかったから。

「冗談ばっかり。誰かに口説かれたことなんか、一度もなかったわよ」

「それは、朝倉さんが近寄りがたかったからよ。女の私から見ても色っぽくてミステリアスだったもの」

「やめてよ、恥ずかしい」

ミステリアス、私が。信じられない。あの頃、私は自分がひどく浮いていて、きっとみんなから煙たがられていると思っていた。国貞との関係が始まってからは、よけいに同級生が自分を軽蔑《けいべつ》しているに違いないと感じていたのだ。

「私は……、どうせ軽蔑されてると思ってたから」

「いやだ、それって被害妄想よ。みんな朝倉さんに興味があって、あなたが何を考えているのか知りたいと思っていたけど、なんだかうまく話しかけられなかったのよ。それぞれに若くて自意識過剰だったからね。私だってそうよ。すごく朝倉さんに興味あったの。今だから告白するけど」

心底びっくりした。律子が私に興味をもっているなんて、考えたこともなかった。相手にされていないと思っていた。

「そんなにびっくりした顔しないでよ、興味ったって変な意味じゃないんだから。なんて言ったらいいのかな。朝倉さんって、何か特別なものをもってたのよ。それをみんな感じてたと思うの」

「特別なもの？　私が」

「そうねえ、なんて言ったらいいかな。一番感じたのは、あなたといっしょに心理療法の合宿に行った時だったかな。覚えてないかしら。J大学のドラマ療法の合宿で長野に行ったのを」

そういえば、そんなことがあった。二泊三日の心理療法の研修会だった。

あの時はずっと嫌な気分だった。参加者がほとんど心理職の人間で、みんな妙にモノワカリが良くて優しそうだった。人間の心を覗《のぞ》こうとする人たちには独特の癖がある。人を思い通りにできるという傲慢《ごうまん》さを、モノワカリの良さで隠した偽善的な雰囲気。そういえばあの合宿で決意したんだった。この世界に住むのはやめよう……と。

「あの合宿で、あなたが心理療法のワークショップに参加したのを見てたの。あれは、サイコドラマのワークだったわよね。だいたい心理職を希望する人って、自分が病気みたいな人が多いじゃない？　研修で合宿をしてると、いくら研修だと思っても自分の問題がどろどろ内面から流れ出てきちゃうのよね。もっとも自分の問題を通してしか人は他人の心とも関われないんだけどさ。あの時、参加者の一人がワークの最中に決壊して錯乱状態になった。ファシリテーターの一人が迂闊《うかつ》にも彼女のトラウマに触っちゃったのよ。センスのない奴《やつ》はよくそういうことをするのよね。彼女は潜在的なコンプレックスを刺激されていきなり興奮し始めた。内側から怒りのマグマがどろどろ噴き出してとめどなくなった。一度、決壊しちゃったらもうダメ。穴が開いた意識の裂け目から彼女の過去の怨念《おんねん》が流れ出してきて、誰も止められなくなった。急性錯乱状態よ。二十人もカウンセラーが雁首《がんくびそろ》揃えてたのに、みんなお互いに牽制《けんせい》しあっちやって彼女を鎮《しず》められないの。その時よ、いきなり朝倉さんが出てきたの。まだ学生のあなたに、本職が道を空けたのよ。変な光景だった。あなたは錯乱してる彼女の前にゆっくり歩いて行った。跪《ひざまず》いて手を握って、まるで彼女の呼吸やまばたきに自分を同調させてるみたいだった。あなたが近寄って行った時の、あの子の顔、私、今でも忘れないわ。まるで、神様を見るみたいな目であなたのことを見てた。助けを乞《こ》うみたいに。あなた、彼女の頭を抱いたのよ。子供を抱くみたいに。そしてね、胸を頭にしっかり押し当てて、こういうふうに背中を撫でたの。地面に向かって怒りを払うみたいに。まるで、彼女の内側の怒りを解き放してるみたいだった。私ね、見ていて鳥肌が立っちゃった。相手を受容するということにかけては、この人は天才じゃないかって背筋がぞくぞくしたのを覚えてる。もしカウンセラーという職業に天分ってものがあるのなら、この人はそれをもっている。そこにいる他の誰もがもちえないようなすごい天分をもっている、ってそう感じたの」

私は半ばバカらしくなって律子の話を聞いていた。

「本田さんの思い過ごしよ。肉体的な接触で興奮した相手を落ち着かせるってのは、ワークショップの常套《じょうとう》手段じゃない。誰でも知ってるわ」

律子はひどく憤慨した様子で私に食ってかかった。

「違うわ。もちろん普段のあなたからはそんなこと感じなかった。普段の朝倉さんはどちらかといえば気持ちを閉じているみたいな人だった。でも、ある瞬間、ここぞって時になると、何かものすごい感応的な力が朝倉さんの中に降りてくるように感じたのよ。それは、私だけじゃなくて、みんな感じてたと思う。たぶん、国貞先生も。国貞先生があなたに魅《ひ》かれた理由がすごくよくわかる。彼は、あなたの中に自分がもちえない何かを見つけて、それが欲しかったんだと思うわ」

国貞がこの話を聞いたらどういう顔をするだろうと思うと可笑《おか》しかった。

私が心理療法家の天分をもっていて、それが国貞より上だと律子は言っているのだ。何と答えたらいいのかわからなかった。だって、私は自分の力のなさ、心の弱さに絶望して、そして心理職をあきらめたのだから。自分がどんなに貪欲《どんよく》に他人を支配したがっているか、相手の弱みを握り、思うままに従わせようとして生きているか、人を調教し、支配することに快感を感じているか、その心の闇《やみ》を私は自分で覗いてしまった。だから、もう人の心に関わる仕事にはつけないと思った。私は傲慢な人間だ。その点では国貞とよく似ているかもしれない。

返事に困っている私を見て、律子は素早く話を変えた。回転の速い女なのだ。

「今日は何しに大学へ？」

そうきたか。これも答えに困る質問だ。

「その国貞先生のところへ。ちょっと相談事があって、十年ぶりに訪ねたの」

「へえ？」

律子は目を見開いた。（そんなことできちゃうわけ？）と、目が語ってる。確かに冷静に考えたら変かもしれない。国貞への相談事といえば、精神的な事柄しかない。かつて恋愛関係にあった二人が、十年経《た》ったとはいえ、お互いを冷静に受け止め合えるものだろうか。でも、できると判断したから国貞はカウンセリングを引き受けたはずだ。

「国貞先生、相変わらず自信家だなあ」

そう、漏らしてから、律子は私の顔を見て「あ、ごめん、変な意味じゃないのよ」と付け足した。変な意味とはどんな意味なのか私には判断しかねた。

「本田さんは、今はどんなテーマで研究してるの？　昔は認知心理学を専門にするって言ってたように思うけど……」

ぎゃはは、と照れ臭そうに笑って律子は快活に言った。

「それがねえ、どういうわけか今は、シャーマニズムに関する研究をしてるのよ。自分でもびっくりなんだけどさ」

「シャーマニズム？って、呪術師《じゅじゅつし》のこと？」

「そんな怪しげな目で見ないでよ。ま、慣れてるけど」

私の知ってる本田律子は、ドライで合理的な思考をする女性だった。

「私が沖縄でフィールドワークしてたのは、宮古島にいるユタと呼ばれるシャーマンなんだけどね。彼女たちが共同体の中でどのような役割を担《にな》って存在しているのかについて、調べてたのよ」

「すごく意外だわ……」

心底そう思った。

「本田さんって、そういうオカルト的なことに全然興味ない人だと思ってた。もっとこう白黒をはっきりさせるタイプっていうか……」

律子は私の顔を見て真顔で言う。

「そうなのよね、でもね、だからこそ、こんな霊的なことに興味を魅かれて首を突っ込んでしまったのかもしれない。人間ってバランスをとろうとするようにできているのよ。私には訳わかんないものが必要だったみたいよ」

そういうものかもしれない。臨床心理の世界は私には重すぎた。人の心に分け入る暗い学問は、どこか自分と似すぎていて、私には担いきれなかったのだ。だからバランスをとるために仕事に金融の世界を選んだ。

「シャーマンって、今でもいるんだ？」

「存在するのよ。日本なら沖縄のユタ、東北のイタコ、北海道のアイヌのフチ。それから世界にもたくさん点在してる。韓国、中国、ロシア、中南米、オーストラリア、ヨーロッパ。でも、もともとシャーマンの起源は東北アジアなの。アジアで存在が発見されてそれで研究が世界中に広まった。歴史は古くて、日本だと弥生《やよい》時代の遺跡からシャーマンらしき人骨が発見されている。しかもね、一九九〇年代に入ってから増えているの。ネオ・シャーマニズムの時代、なんて言われてるんだけどね」

「シャーマンが？　増えてるの？」

うーん、と上目遣いに考えるそぶりをして律子は言った。

「自称シャーマンというべきかな……」

「へえ……」

シャーマンは死者を呼び出すことができると聞いたことがある。本当なんだろうか。もし呼び出せるのなら、兄になぜ死んだのか聞いてみたいと思った。

「それで、シャーマンという存在は共同体の中でどういう役割を担っているの？」

私が尋ねると、飲み終えたポカリスエットの缶をゴミ箱にポンと投げて、律子は立ち上がった。

「そうねえ、言うなれば彼女たちは、共同体の中のコンセントみたいなものかしらね」

13

部屋に戻ってから、木村に電話をした。

午後五時を過ぎたばかりだからまだ事務所にいるはずだった。ところが事務所は留守録になっている。携帯に電話しても繋《つな》がらない。まさかと思って自宅に電話すると、いつになく暗い声の木村が出た。久しぶりに昂《たか》ぶっていた気持ちが急にしぼんでいく。

「どうしたの？　なんか元気ないじゃない」

木村の声が暗いだけで自分がこんなに苦々しく感じるなんて意外だった。木村はもそもそと歯切れの悪い返事をしている。

「ねえ、旅行に行かない？」

「旅行？」

驚いたような木村の声。

「そう。沖縄。宮古島。ちょっと調べたいことができたの。まだ体調が不安だからよかったらいっしょに行かないかと思って。二、三日あれば済むから。予定はそっちのスケジュールに合わせるから」

「いったいどういう風の吹き回しだろう」

「深い意味はないよ。ボディガード兼カメラマンってとこかな」

「ユキ、今日はやけに元気だな」

「うん、なんか今日は調子いい」

木村は落ち込んでいるみたいだった。私はだんだん木村の元気のなさに苛立《いらだ》ってきた。

「どうする、行くの？　行かないの？」

木村は電話線の向こうで無言だ。

「ユキ、落ち着いて聞いてくれよ」

ひどく言いにくそうに押しつぶした声で呟《つぶや》く。

「何よ……？」

「実は昨日、病院に行ってきた。この間からお前が臭《にお》いのことを気にしているから、だからその、安心させてやろうと思ったんだ。それだけだ。いい機会だと思って人間ドックを申し込んで精密検査を受けた。そしたら、癌《がん》マーカーに異常値が出た。直腸のあたりに腫瘍《しゅよう》があるらしい。具体的なことはまだわからない。明日から検査入院する。どれくらいかかるかわからない。だから、沖縄にはいっしょに行ってやれない。すまん」

冷たいものが背筋をすうっと抜けていった。

「冗談でしょ？」

「嘘《うそ》じゃない。本当だ。お前の鼻、本物だったみたいだ。それは幻臭じゃないかもしれない。俺の体、確かに病気らしいよ」

声が快活を装《よそお》ってるのがわかる。動揺を隠すのが下手なのだ、この男は。どん臭い奴。

「私、これからそっちに行くよ」

そう言うと、木村が断固とした口調で言った。

「そこを動くな、ユキ。俺がそっちに行くから」

背中の皮をべりりと引き剝《は》がされているみたいだ。ぞくぞくと寒気がする。臭いを感じてた。だけど具体的にそれが死と結びつく確証はないと思っていた。まさか木村が本当に癌だったなんて……。

床に座り込んでうずくまる。頭で考えようとしてもまとまらない。こんなことあるものだろうか。私の現実がどんどん崩れていく。じっとしているとえたいの知れない生き物の鼓動が床を通して伝わってくる。そっと床を撫《な》でてみた。指先を通して、微弱電流のような震えが身体《からだ》に入り込んでくる。これは何だろう?

ふいに兄の姿が浮かんだ。

兄の気配がする。まさか……と思い横を振り向くと、そこに兄が座っていた。私の身体からわずか十センチ。すぐ隣に兄がいた。膝《ひざ》を抱えて茫然《ぼうぜん》と虚空《こくう》を見ている。

夕闇が迫っていた。部屋中が西陽で赤くハレーションを起こしている。これは現実なのか、まるで夢の中のようにグロテスクな夕陽だ。私は後ずさりして兄から身体を離す。兄の横顔は悲しげだった。現実そのものだ。息遣いを感じる。兄は時計を抱えている。私が兄の部屋からもってきた、あの古い時計だ。

時計の音に引き込まれていく。その音に否応《いやおう》もなく意識が集中してしまう。脳が時計の音に潜む暗号を読み取っているようだ。それを映像に変換している。その様子がわかる。私は変換装置だ。暗号を画像に変換している。そうだ、この映像は時計の記憶だ。現実じゃない。幻だ。

だが、兄は確かに存在し、呆《ほう》けたように膝を抱えて座っている。

ドアのチャイムが鳴った。

その途端、夢から覚めたように兄は消え、時計だけが残った。

ドアの外には木村が立っていた。

なんだか薄い膜をかぶっているみたいに見える。現実感がない。木村は現実なのに、夢の中の人みたいに心もとない。

「大丈夫か、ユキ？　真っ青だぞ」

私を抱えて部屋に入ると抱きしめ、いきなりキスして舌を入れてきた。寒いわけじゃないのに、体が震えて止まらない。どうしたんだろう、私。じっとしていられない。怖い。自分がどこかに持っていかれそうで、いてもたってもいられない。

「私、壊れそう。何かが侵入してくる。怖い。夢が漏れてくる」

しっかりしろよ、と抱きしめられた途端、頭のどっかの留め金が吹っ飛んで狂おしいほど欲情してきた。制御不可能な欲情だった。

私は木村を押し倒して無理やり木村の唇にかぶりついた。強引に舌を押し込んで歯茎を舐《な》め回した。最初、木村は驚いて私を制しようとしていたけど、力ずくで首にしがみついてむしゃぶりつくとあきらめたように私の上に乗ってきた。木村の着ていたシャツのボタンを引きちぎって、肌に歯を立てる。食いちぎりたい。頭蓋骨《ずがいこつ》の中でシナプスが激しく点滅してるみたいだ。チカチカと不規則に発光するそれが見える。呼吸が速く浅くなって息が苦しい。

「落ち着けよユキ」と、ズボンのベルトをはずしながら木村が言うのだけれど、私は歯がゆくてたまらない。木村の腕に嚙《か》みつくと、木村は「痛っ」と叫んで私の頭を手の平で強引に引き離した。「しっかりしろよ」と両手で顔を包んで、木村は私を押さえつけながら口を塞《ふさ》ぐ。木村の口腔《こうこう》からあの兄の死体の腐った臭いがする。でも、その臭いはなんだか妙に懐《なつ》かしいような気がして、私は喘《あえ》ぎながら夢中で舌をからめた。「吸って」と自分のブラウスを引き裂いてブラジャーをめくりあげる。「早く、早く吸って」木村は言われたままに乳首を舐める。「もっと強く、もっと強く」生ぬるいと思う。「摑《つか》んで、お願い、強く」木村の指先に力が入る。指が乳房に食い込んでくるのがわかる。没頭していく。なにもかも忘れて。私の中が空っぽになる。空っぽになって、空洞を埋めるモノを渇望《かつぼう》している。

木村のペニスに手を伸ばして触ると、まだ十分勃起《ぼっき》していない。這《は》いずって口に含んで舌の先でゆっくりと縦に走る血管の筋をなぞってやった。先の割れ目を繰り返し舌でえぐる。舐めることに没頭していく。細かに痙攣《けいれん》するペニスの先に一心に集中する。ペニスから肛門《こうもん》に向かって木村の股間《こかん》に舌を這わせる。木村も舌で私の性器を愛《あい》撫《ぶ》し始めた。ぺろぺろと会陰《えいん》を舐めている。舌の感触が背骨を伝って脳天に抜けていく。たまらなくいい。男の肛門に指を入れて刺激しながらペニスをくわえたら、ビクンと波打つように反り返った。口から出すと古代のオブジェみたいだ。赤黒く天を見上げる小さなモアイ像だ。唾液《だえき》で濡《ぬ》れて光っている。粘り気のある体液が先っぽからじゅっと染《し》み出してる。痒《かゆ》みにも似た欲情を感じて私はゆっくりとモアイに跨《また》がり、自分の膣《ちつ》に差し込んだ。コンセントみたいだと思った。私は繋がった。男と。何のために？

　木村が激しく腰を動かし始めた。私たちは繋がっている。何のために。今度は木村が私の肛門を指でいじりながら腰をくねらせる。声が漏れてしまう。かき回されるぐりぐりが好きなのだ。いいよ。勝手に腰が動く。気持ちいい。もっと、もっと、そう喘ぎながら私は夢中で腰をくねらせてぶざまなほど欲情した。いいよ。すごくいいよ。間違いない。戻ってる、これが私の身体だ。

　靴がない。ひどくみっともない。

　どこか見知らぬ街のさびれた商店街だ。ひと気のない真昼の商店街のアーケードの下を、私は靴下だけで歩いている。誰にも会いませんように。靴を履いていないのを見られたら、誤解される。何を誤解されるんだろう。とにかく誤解される。それにしても、私はなんでこんな変な場所を歩いているんだろう。そういえば、ここは私の生まれ育った街の商店街によく似ている。そうか、これは夢なんだな。また、夢を見ているんだ。

一軒の靴屋がある。いかにも田舎の靴屋という店の佇《たたず》まい。無造作に雑然と古くさい靴が店頭に並べられている。私は靴を買おうと思って靴屋の店先に歩いて行く。店には誰もいないようだ。静かだ。先ほどから人の気配がまったくしない。私は靴の棚を丹念に見ていくがどれもこれも流行遅れの靴ばっかりだ。しかもサイズがない。大きいサイズか小さいサイズかどちらかで、私の足に合うサイズがない。でも、靴下で歩くよりはマシだろうと思う。ポケットを探ったが、お金をもっていない。小銭はあるがとても靴を買えるだけのお金ではない。まあいいか。誰もいないんだからもらっていけばいいや。なんの抵抗もなく、私は靴を盗もうとする。まるで当然のことのように。やましい気持ちは起きない。ためらわずに万引きしている。

自分の足よりやや小さめの靴だが、とりあえず一番お洒落《しやれ》なデザインだと思われる靴を私は履く。そして、足早にその靴屋から立ち去ろうとする。

靴屋に背を向けて歩きだしてから、初めて靴屋の主人が店先に立ってこちらを見ていることに気がつく。ヤバいと思う。主人の視線が背中に突き刺さる。こちらをじっと見ているのがわかる。

ここで走っては、かえって怪しまれる。普通にゆっくりと立ち去らなければと思う。体がぎくしゃくする。盗んだ靴は、小さすぎて歩きにくい。私は軽くびっこを引いている。

「靴がないの……」

目が覚めて、ベッドの中でそう呟いていた。やっぱり夢を見ていたらしい。

「ん？　何？」

木村が隣に寝ていて、私のほうに寝返りを打った。そうか、セックスしたまま寝てしまったんだ。

「何でもない。靴がなくて万引きする夢を見ていた」

私がそう言うと木村が笑った。

「せこい夢だなあ」

「そうだね」

なんだか身体の節々が痛い。マラソン大会の翌日の目覚めみたいだ。興奮したせいだろうか。それで筋肉が緊張したのだろうか。私は、なんでそんなに興奮してしまったんだろう。

「のど渇いたね。なんか飲もうか」

「うん」

起き上がって、手近にあったパジャマを着て、冷蔵庫からリンゴジュースを取り出した。玄関から続く居間の六畳にひどく乱雑に服が脱ぎ捨てられていた。コップにジュースを注いで、一つを木村にあげた。

「ありがとう」

そう言って、木村はゴクゴクとジュースを飲む。

「俺さあ、ユキとセックスすると怖くなる時がある」

「なんで？ あんまり激しくて？」

そう言って笑うと、木村は首を振った。

「思い出すんだ」

「何を？」

「いろんなこと」

空になったコップをじっと見つめて、木村は黙っていた。

「沖縄って、何しに行くの？」

聞かれてそのことを思い出した。

「ある人に会いに。どうしても会いたい人がいるの」

「どんな人？」

どう説明したらいいんだろう。

「ええと、なんて言ったらいいかな。霊媒師みたいな人かな。シャーマンというか
……そういう人」

「シャーマン？　なんでそんな人に？」

「目的は自分でもはっきりしないの、会いに行けば兄のことがちょっとはわかるんじゃないかと思った。なんで兄がいつまでも姿を現すのか。あれは私の錯覚なのか。それとも何か理由があって兄の思念がこの世に留《とど》まっているのか、それを知りたいの」

木村はプッと吹き出して言った。

「お前って、けっこうオカルト趣味な奴《やつ》だったんだな。俺はずっと株をやってるユキしか知らないから、最近のユキはとっても意外で面白い」

「そうじゃないけど」

「幽霊なんかいやしないよ。第一、ユキの鼻。それはまさに現実、本物だったじゃないか。自分でも言ってたろう？　人間はショックなことがあると一時的にある感覚器官が鋭敏になって、日常では察知できないようなことを察知できるようになることがあるって。それだったんだよ。感覚が敏感になっているから、いろんなことが気になるだけだ。落ち着けば、元に戻るよ」

「そうかな」

「そうだよ」

「でも、あなた言ったじゃない。私が初めてあなたと寝た晩、あたしは天井を見て兄さんって呼んだって。あの時、あたしはまだ兄の死を知らなかったんだよ。あの翌日、家に帰ってから連絡があったんだもの。それって変だと思わない？」

「思わないよ。だってお前、こうも言ったぞ。兄さんは死ぬような気がしていた、って。どっかでそう思ってたって。潜在意識の中にいつも兄さんが死ぬんじゃないかって思いがあったんだ。だから、酔っぱらって幻を見るんだよ」

そんなことわかってる。でも私が知りたいのはもっと別の意味だ。

「幻かもしれない。でも、私は見たのよ。見てるのよ。幻かどうかは関係ない。私は見た。私には事実なのよ。確かめないわけにはいかない。どういう方法であっても。

手がかりがあれば、会いに行かなきゃならない。誰であっても。なんでこんなことになってるのか、自分がどうなってるのか。そうしないと、私そのうちダメになっちゃう」

泣いてる。こんなことで自分が泣いてる。ショックだった。相当ショックだった。私はこんなことで泣くような人間じゃなかった。なぜ泣いているんだろう。自分の想像以上にエキセントリックになってる。抑制が利《き》かなくなってる。早くなんとかしなくちゃいけない。確実にヒステリックになってる。このままだと神経症だ。

「悪かったよ。俺はただ、ユキを安心させたかっただけなんだ。お前にはおざなりな言葉は通用しないってわかってるのに。癖なんだ。俺、ほらスゴクイイヒトだからさ、つい優しいフリしちゃうんだよ。ごめん。そうだよ、これはユキの問題だ。苦しんでるのはユキだ。俺はユキを助けるって約束した。だからユキの言うことには逆らわない。せっかく誘ってくれたのに、いっしょに行けなくて悪いな」

冷静になれ。心の中で繰り返し呟《つぶや》く。木村は悪くない。この人に当たってはいけない。傷つけてはいけない。

「すぐそうやって謝らないで。別にあなたと行かなくたって、沖縄くらい一人で行けるから。そんな病人を連れていっても足手まといなだけだもの。それより、明日、検査なんだよね。腫瘍《しゆよう》っていったって、そんなひどいもんじゃないんでしょ？　死ぬような癌《がん》じゃないよね？　だってさ、ココだってこんなに元気なんだから」

毛布の上から股間を握るふりをしたら、木村は笑って私を抱き寄せて言った。

「ほっといたらヤバかったかもしれない。ユキのおかげだ。お前の鼻、本当にすごいよ。警察犬みたいだ。検査の結果がはっきりしたらまた連絡するからな」

顔を近づけると、またあの死臭がする。

だんだん慣れてしまって、今はなんだかこの臭《にお》いに親しみすら覚える。死んだ人間の肉の臭い。狩猟時代から人間はこの臭いと親しんできたに違いない。心なしか、木村の臭いは濃くなってきているような気がした。

この人、死ぬのかしら。ひどく覚めた思いで私は木村の横顔を見ていた。

14

「『世界残酷物語』っていう映画、ご存知ですか？」

私の質問に国貞は黙って首を振った。

「そこに分裂病の少年が出てくるんです。その少年は自分がロボットだと思っていて、コンセントを繋《つな》いだ時だけ動くことができるんです。兄は、なぜか死ぬ前に何度かこの映画の話を私にしてました。よほど印象に残っていたんだろうと思います。この間、ビデオを借りてきてこの映画を観《み》てみました。それで、兄はもしかしたら分裂病の少年と自分を重ね合わせていたのかもしれないとも思いました」

「なるほど……。コンセントを繋ぐと動く……ね」

国貞は物事を分析し始めると無自覚に饒舌《じょうぜつ》になる。

「あなたの言うようにお兄さんは、自分をその分裂病の少年のように感じていたんだろう。感情移入していたわけだ。自分の人生もこの少年と同じだと。ここぞという時にコンセントが抜けてしまう。コンセントが抜けると、もう自分で自分の身体《からだ》を動かすことができなくなる。機能不全。自分の存在が自分の意志ではないものに翻弄《ほんろう》されていると感じている」

「それは、運命に対する無力感みたいなものでしょうか？」

「運命というよりも、自分に対する無力感だろう」

「それだけでしょうか？」

独り言のように呟くと、国貞の視線が素早く動く。

「何か他に気になることがあるの？」

「兄の死んだ部屋に、掃除機が置いてあったんです。コンセントを繋いで、さあ、これから掃除をするぞ、って感じで用意されていたのに、掃除をした形跡がないんです。兄は、掃除機のコンセントを繋いで、自分のコンセントは抜いてしまったみたいだった。兄の死後、最初に部屋に入った時に、その掃除機のコンセントがすごく気になりました。以来、コンセントのことがなんとなく気になってしょうがないんです。コンセントが兄の最後のメッセージだったんじゃないか、って。何か深い意味があって、それを兄は私に伝えたかったんじゃないか、そんな気がしてしょうがないんです」

少し間を置いてから国貞は私に問い返した。

「君はコンセントという言葉から何を連想しているの？」

聞かれてとまどう。どこまで話すべきか。

「私ですか？」

「そうだ。あなたはコンセントから何をイメージしているのか、それが問題だ」

「だから、コンセントは暗号で、兄の死と何らかの関係があるのではと……」

「兄さんはもういないよ。死者は語らない。コンセントにこだわっているのはあなた自身だ」

私は言葉に詰まって、それから自問自答した。本当にそうなのかしら、と。兄は本当にもうこの世界に存在していないのかしら。だったら私の見たものは何なのだ。

「あなたは、兄さんの死に対する私の所見を聞きたいと言ったね。一度だけ、はっきりと言っておこう。こういう言い方は酷かもしれないけれど、私はあなたの兄さんのような死に方はちっとも珍しいものじゃないと思っている。臨床の現場にいれば、日常茶飯事だ。病名もつかず、ただ生きる気力を失って、自殺とも事故死ともつかない死に方をする人間はこの世にごまんといる。いや、年々増えていると言ってもいい。人知れずひっそりと死んでいく。そういう人間はたいがい心筋梗塞《こうそく》だの、心不全だのという死因で死亡診断書が書かれて、病死ということで処理される。君の兄さんもそのうちの一人だった。レアケースじゃないんだよ、あなたが思うほどはね。食わずに死ぬ奴は実はいっぱいいるんだ。私にとってはポピュラーな症例ですらある。ひどい言い方だと思うかもしれないけれど、私は君の兄さんの死にそれほど興味を抱かない。そういう人間は歴然と存在する。それは全人口の一パーセントくらいいる。それだけだ。いつの時代にも存在するだろう。精神病ですらない彼らは人知れず死んでいく。その理由も問われぬままにこの世から消滅していく。仕方ないんだ。誰も救いようがない。生きがたいのは彼のパーソナリティだ。もちろんそこに様々な外的要因が加わっているが、その組み合わせのヴァリエーションは多様すぎて分析不可能だ。生きられなかった人間が死ぬのは誰のせいでもない。運命だったのかもしれない。わからない。本人以外は誰もね。兄さんはもう死んでいる。だから兄さんの死の意味は永遠に謎《なぞ》だ。君にはそれを解き明かすことはできない。もちろん解き明かすことに挑戦するのはあなたの勝手だ。でも答えは永遠に出ない。なぜなら、あなたはあなたであって、あなたの兄さんではないからだ。あなたが抱えている問題、それはあなたの問題、あなたの疑問なのだ。そのことを、しっかりと自分に引き寄せないと、自分を見失うかもしれないよ。もちろん、自分なんてのは見失ってみて初めて見つかったりするものだけれどね」

餓死した兄の死すらポピュラーな死だと聞かされてなぜか不愉快だった。自分がこだわり続けているものが「ありふれたもの」だと言われた屈辱感。でも、確かにそうかもしれない。兄のような人間はこの世界にたくさんいる。きっといるだろう。

「なぜ、コンセントにこだわっているかは、私の問題だと先生はおっしゃるんですね？」

「まあ、そういうことだ。あなたには、コンセントにこだわりたい都合があるんだろう。だからこだわっている」

「私がコンセントにこだわっているから、兄の部屋で掃除機のコンセントをフォーカシングしてしまったと……」

「そうかもしれない。そこまでは何とも言えない。ただ、どうして兄さんは死んでしまったのか、その理由を探すのは、心理学では無理だということを私は言いたかった。それは精神世界や宗教の領域の仕事だ。もちろん外の世界に理由を見いだすのはあなたの自由だ。だが、今、私とあなたが二人でやろうとしていることは、あなたがなぜ死体の臭いを感じるのか、その答えをあなた自身の中に探すことだ。そのことを忘れてはいけない。自分と向きあうんだ」

わざとらしく時計を見てから、いつものように事務的に国貞は言った。

「そろそろ時間だよ。また来週会いましょう」

女子用トイレが見つからない。カウンセリングルームは新館にあり、古い校舎と違ってなじみがない。うろうろと階段を一つ降りた廊下でやっと見つけて用を足した。新しい清潔なトイレだった。節水のための消音装置までついている。

手を洗うために屈《かが》むと、芳香剤に紛れてわずかだが血の臭いがする。おや、と思った。

最初のうち、感じる腐臭はみんな兄の死臭と同じ臭いだった。でも、最近は微細な違いを嗅《か》ぎ分けるようになっている。これは血の臭いだと思った。兄の死体が運び出された後に残ったPタイルの臭い。ゼリー状になった血の臭いだ。

どこから臭いがするのだろうと思う。鼻を利かせてみる。いつも臭いを感じるわけではない。普段は遮断している。何かの拍子でスイッチが入ってしまうのだ。そうすると、臭いが見えてしまう。見えてしまうと、もう無視はできない。

トイレの個室を一つずつ開けてみる。四つある個室を全部嗅いでみたが、臭いの元はなかった。

ふと、掃除用具置場のドアに目が止まる。ドアを開けると、ぷんっと臭いが強くなった。

ここだ……と思う。用具に軽く鼻を近づけてみる。どうやらモップが臭いの元のようだ。取り上げてみると、ボロボロに使い込んだ布モップの先が赤く染まっているような気がした。

それから怖くなって慌《あわ》ててモップを投げ捨てドアを閉めた。

洗面台に突っ伏して口にこもった臭いを唾《つば》で吐き出した。やっぱり私はどうかしてる。普通じゃない。顔を上げると正面の鏡に自分の顔が映っている。ひどく青白い。さらに鏡の奥に、もう一人別の誰かの姿が映っている。

私は思わず声を上げた。鏡に映る人影は兄だった。

驚いて振り返ると、掃除用具置場のドアの前に兄が立っている。それは幽霊とか、幻覚とか、そんな曖昧《あいまい》なものじゃなかった。生きている時とまるで変わらない、生きてそこに存在しているとしか思えない兄の姿だ。

兄はいつも着ていた汚れた茶色のジャンパーを着ていた。真夏なのに冬の格好だ。片手をズボンのポケットに突っ込み、そしてもう一方の手に白いヒモを下げている。コンセントだった。

洗面台を背にして私は兄の亡霊と向きあった。圧力を受けて世界が歪《ゆが》んでいるような気がした。

「お兄ちゃん、何が言いたいの?」

兄は答えない。ゆっくりとコンセントを差し出す。

「なんでコンセントなの? 何を伝えたいの?」

私が叫んでも兄の表情は変わらない。やはりこれは幻覚なのだろうか。目を閉じて、もう一度開くと、兄の姿は消えていた。

私は階段を駆け降り、校舎の外へ飛び出した。

夏草の繁茂する中庭を抜けて、図書館の脇《わき》を走り過ぎる。その時にふいに誰かに腕を摑《つか》まれ、恐怖のあまりその手を叩《たた》き払った。

「朝倉さん、どうしたの、大丈夫?」

本田律子だった。

「何があったの?」

律子の顔を見たらひどくほっとした。私は取り繕うように慌てて髪を直し、笑顔を作ろうとしたけれどどうまくいかない。指先がぶるぶる震えている。

律子は私の肩を抱いて近くのベンチに座らせると、落ち着いた声で言った。

「少し休んでいったほうがいいわ。暑いから貧血になったのね」

ああそうだ、私は暑さのために貧血になったんだ。血圧が下がって朦朧《もうろう》としていたんだ。

私は黙って頷《うなず》いて、本田律子の指をぎゅうっと握りしめていた。

「もしよかったら話してみない？」

律子は極めてあっさりと言った。

「朝倉さんの抱えてる、スピリチュアルな不健康について……」

図書館の談話室で、私と律子はソファに並んで腰を降ろしていた。閉館間近で人は少ない。律子の横顔を眺めていると、私を軽蔑《けいべつ》したように見下ろした夢の中のイメージが浮かんでくる。なぜ、律子は今頃になって私の夢に現れたのだろう。しかも、夢の中からこうして現実に漏れ出てきている。

「私、この間、本田さんの夢を見たわ」

「へえ？」

「夢を見た数日後に偶然あなたに再会した……」

本田律子は面白そうに言った。

「朝倉さんって、そういう霊感がありそうだものね」

「ないわ、そんなもの」

「そうかなあ。私はずっと朝倉さんにシャーマンのイメージを見てたんだけどな」

律子が何を考えているのかよくわからない。でも彼女は何かの鍵《かぎ》を握っているはずだ。そうでなければ無意識から漏れ出てくるはずがない。

「私ね、最近、幻覚を見るの」

やっぱり話してしまう。話したいという欲求に抗《あらが》えない。

「一カ月ほど前に兄が死んだのだけど、その兄の姿をはっきりと見るのね。最初は、兄の死の知らせを受けて実家に帰る途中だった。無人踏切りの向こう側に現れた兄の後ろ姿を見た。兄はちょっと特別な死に方をしたの。まあ、曖昧な自殺というべきかな。引きこもりの末の衰弱死。国貞先生に言わせると、そんな人は今時たくさんいるのだそうよ」

律子は黙って私の話を聞いている。

「兄の死に様はひどいものだった。死体は真夏の暑さのために腐敗して異臭を放っていた。血は固まってゼリーになって、その中を蛆虫《うじむし》が這《は》い回ってた。葬式の間も兄は腐敗し続けて、参列者はみんな臭くて吐いていた。その兄の死臭を嗅いでからというもの、私は匂《にお》いの中から人間の腐臭を嗅ぎ取ってしまうの。腐った血や肉の臭《にお》いだけを嗅ぎ分けてしまう。異常でしょ？　幻臭に幻覚だもの。神経症を通り越して、分裂病の領域に入ってる」

説明しているとだんだん落ち着いてくる。どんなことも言語化すると陳腐になる。その陳腐さが救いなのかもしれない。

「幻覚のことを国貞先生には話していないのね？」

「そうよ。どうしてわかるの？」

「わかるわよ。あの先生に話したら治療されちゃうもの」

思わず律子の顔をまじまじと見た。その通りだ。私は治療されたくないのだ。だってこれは病気じゃないから。いや、そう思うこと自体がもう発病しているのかもしれないが……。

「さっきはどうしたの？　やっぱり幻覚を見たの？」

だんだん思い出してきた。昔から律子はこういう単刀直入な女だった。

「そう……。新館の女子トイレに入ったら、血の臭いがしたのよ。掃除用具置場のモップが臭いの元だったわ。だからどうってことはない。すべては私の錯覚かもしれないから。でも、私にとってはリアルなの。現実なのよ。疑いようもない現実。ふと鏡を見たら、鏡の中に死んだ兄が映っている。驚いて振り向いたら用具置場の前に死んだ兄が立っていた。すごくリアルだった。見た目は普通に生きている人間と変わらないの。ただ、呼びかけても返事はしない。兄は手にコンセントをもってた。瞬《まばた》きしたらすぐ消えたわ」

「コンセント?」

私は頷いてバッグの中から切ったコンセントの先を取り出した。

「朝倉さんって、いつもこんなものを持ち歩いてるわけ?」

清掃会社の青年が切り落としてくれた掃除機のコンセントだ。まるで恋人にもらったお守りのように持ち歩いていた。

気味悪そうに白いコンセントをつまみあげて律子が言った。

「これはコンセントじゃないわ」

え? と思わず声を上げてしまった。不敵に律子が笑う。

「これはプラグ。コンセントは壁に開いた穴のほうを言うのよ」

掃除用具置場の扉をおそるおそる開ける律子の様子を見ていたら、なんだかさっきまで自分が脅《おび》えていたことがバカらしくなってきた。まるで小学生の肝試しみたいだ。

律子がどうしても、血の臭いを嗅ぎたいと言うので二人で女子トイレに戻ってきたのだけれど、勢い込んできたわりには律子は怖がりなのだ。

「このモップ？」

「そう」

やはり錯覚じゃない。今でも確かに血の臭いがする。でも、腐ったような臭いじゃない。もっと生っぽい血の臭いのようだ。

「言われてみれば、なんだか血の跡みたいなのがついてるわねえ……。でも、私は臭いなんて全然感じないなあ……」

「誰かが怪我《けが》をして、その血をモップで拭《ふ》いたのかもしれない」

「そうだね。事務局に聞いてみればわかるかもしれない」

モップを放り込んで勢いよく扉を閉めると、律子はパンパンとわざとらしく手を払った。

「それで、この鏡に死んだお兄さんが映っていたってわけ？」

検証されるとあまりに現実離れしていて、白昼夢だったような気がしてくる。

「幽霊って鏡には映らないと思っていたのに、映ってたわ。振り向いたら、ここに立ってた。ああ、私やっぱり頭が変だわね。ごめん、本田さん、もう忘れて。私の錯覚だったたってことにして」

「そうはいかないわよ」

彼女はおどけたように目を剝《む》いた。

「一度聞いたことを忘れるなんてできないわ。それに、朝倉さん言ったじゃない？私の夢を見たって。どうしてこんなに偶然に私に会うと思う？　意味があるのよ。きっとあなたには私の助けが必要なのよ。そう思わない？」

まるで何かを確信しているみたいな言い方だ。

「わからないわ。だって、私は本田さんのことをよく知らないもの」

律子は大げさに悲しそうな顔をした。

「そうだったわね。朝倉さんは私なんかに興味なかったのよね。でも、私はずっとあなたに興味があったのよ。それは前にも言ったでしょう？　だからこうして再会できてとても嬉《うれ》しく思っているの。朝倉さんが知りたいと思っていることの手がかりも、探してあげられるかもしれない」

「私が知りたいと思っていること？」

律子は意味ありげに頷く。

「コンセントの意味。知りたいんでしょう？」

「……そうよ」

思わず語気が強くなった。律子は嬉しそうに私の顔を見つめている。

「ほら、その顔。何かに昂《たか》ぶった時のあなたって、別の顔をするのよ。自分で気がついてる？」

「私をからかってるの？　いいかげんにしてよ」

「からかってなんかいないわ。私はただ、あなたの本性を見てみたいだけ」

律子の言うことが理解できない。私の本性って何のことだ。

「私、確信してるのよ。朝倉さんって、絶対にシャーマンだわ」

そう言って、律子は笑いながら私の腕を取って歩きだした。


完全に律子のペースだ。精神的に混乱しているせいか、強引さに巻き込まれてしまう。連れられて何軒かの店を梯子《はしご》した。新宿のはずれにある私の知らない場所だった。狭い路地に小さな飲み屋がぎっしりと並んでいた。どの店も隠れ家のようにひっそりとして薄暗い。自分の家のような気軽さで律子は入っていく。そして、どんどん店を替えていく。

私はただ朦朧として律子の後について歩いていた。それはそれで気が楽だったのだ。一人になりたくないような気がした。誰かといっしょにいれば、かろうじてこちらの世界に留まれる、そう思えた。

どれくらい経過しただろう、時間の感覚が曖昧《あいまい》になっている。だいぶ、酔っているようだと気がついた時には、見知らぬバーの奥まったテーブル席に座っていた。蠟燭《ろうそく》の炎が石の壁に映えて揺れている。丸くて低いドーム型の天井も石でできていた。石の洞窟《どうくつ》のようだ。

「こんにちは」と、目の前の椅子《いす》に一人の女性が座った。律子はその女性を「亜子さん」と呼んだ。暗いうえに化粧が濃いので年齢はよくわからないが、たぶん五十歳に近いだろう。指には巨大な緑色や紫色の石の指輪。首には奇妙なペンダントをしている。おまけに水晶のブレスレット。鉱物のちんどん屋みたいだった。不協和音のような煩《うるさ》さを感じる。ひどくちぐはぐだ。

「亜子さん、彼女は朝倉ユキさん。朝倉さん、この人はこの店のオーナーの亜子さん」

私は黙って頭を下げた。

「朝倉さんはね、今日、幽霊を見たそうなのよ」

すると亜子という女性は目を細めて私をじっと見た。

「ああ、そうね、ああ、なるほどね。亡《な》くなった方がいるわね。この人が現れたんでしょうね。これはお兄さんかしら。男の方よ、痩《や》せた、顔色の悪い、四十歳くらいの……」

驚いた。なぜわかるんだろう。

「どうしてわかるんですか？」

律子が愉快そうに代わりに答える。

「亜子さんはね、霊能力者なのよ」

「霊能力者？」

以前の私だったら一笑に付してこの場を立ち去っていただろう。でも、今は誰でもいいから私に起こっていることを解明してほしいと思っていた。

「聞いてもいいですか。その男の姿はどういうふうに見えるんですか。映像が見えるんですか。それとももっと別の情報として何かがわかるんですか？」

亜子は水割りのタンブラーを指でくるくる回しながら言った。

「そうねえ、映像じゃあないわ。映像が見えるっていう人もいるらしいけど、それってなんか怖いわよねえ。私は映像じゃないのよ。もっと曖昧な、ニュアンスみたいなもの。聞こえない音のようなもの。その信号をね、読み取るのよ。どうやって読み取ってるのか自分でもよくわからないんだけど、どうにかして読み取るのね。そうすると、意味がわかるの。意味がわかると、その意味を元に映像をでっち上げてる感じ。だから、映像のほうは意味を元に自分が勝手に想像してるようなものね。本を読んでいる時ってそうでしょう？　それといっしょね」

私の場合は違う。意味なんかない。ストレートに映像が見える。

「それは、俗に言う霊と呼ばれるものと同じなんでしょうか？」

ほほほと亜子が笑う。笑うと体の鉱石がうわんうわんと煩く唸《うな》る。

「幽霊なんているわけないじゃない。いたら怖いわよ」

「じゃあ、私を通して見える兄の存在は何なんですか？」

「それが私にもわからないの。強い思いのようなものかしらね。人間の念ってエネルギーだから」

私が兄のことを強く考えているから、彼女はそれを読み取っているのだろうか。

「ねえ、亜子さん、彼女から何か特別なものを感じない？」

律子の言葉に亜子は再び目を細めて私を見る。両目の焦点をわざとずらすようにして私の背後にあるものを見ている。

「わからないわねえ。何も感じない。特に変わったところは見られない。とてもしっかりした人よ。すごく合理的で、受ける印象がまるで男の人みたいね。なんというか、その、ガードが固いのよ。まるでブラインドを降ろしているようなそんな感じ」

「うーん、ガードが固いかあ。私は朝倉さんって普通の人じゃないと思っているんだけどなあ」

私は律子を遮って亜子に聞いた。

「あなたが読み取っているものって、何？　私の心ですか。人の考えを読み取っているんですか。それとももっと別の何かを感じ取っているんですか。あなたが読んでいる情報はどんな形でどこに存在しているんですか？」

亜子は困ったように笑った。

「難しいことを言うわねえ。わからないわ。心かもしれない。人はいろんな信号を出しているのよ。目に見えない信号。それが一人の人間から細かい粒子が放射されているみたいにたくさん出てるのよ。その粒子の中で、特に強いものをつかまえて読み取っているのだと思う。でも、読み取れるのはごくわずかよ。ほとんどの粒子は細かすぎてなんだか訳がわからない。言葉にはうまくできないわ。私が受ける印象はそんな感じ」

「それが読めると、どういうメリットがあるんでしょう？」

私は素朴に聞いたつもりだった。

「メリットは特にないわ。水商売の余興にはなるけど」

「じゃあ、デメリットは？」

亜子はぶっきらぼうに言った。

「慢性的偏頭痛、人間不信、不安神経症、金縛り、霊能力なんてロクなことはないわね」

トイレに立って時計を見ると、もう深夜一時を過ぎていた。

帰ろうと思って鏡の前で身支度を整えているところへいきなり律子が入ってきた。律子は私の顔を見るなり強引にトイレの個室に私を引っ張り込んだ。

「何するの」

鍵《かぎ》を閉めると声を押し殺して律子が言う。

「まだ帰るには早すぎるわよ」

それからおもむろに細長い紙巻きタバコのようなものに火を点《つ》けた。自分で一息吸い込むと「吸って」と私に渡してきた。

「タバコは吸わない」

ぷっと吹き出す。

「バカ、タバコじゃないわよ」

狭いトイレの中に甘い香りがたちこめた。

「これ、大麻?」

「やったことないの?」

「ないわ」

へえ、と律子は意外そうに驚いてみせた。

「あなたの本性が見たいなあ」

そう言って葉っぱを唇に無理やり押し込んでくる。思わず顔をそむけた。

「怖いの?」

なぜ本田律子は私を挑発するんだろう。鼻先に律子の顔を睨《にら》みながら、私はゆっくりと煙を吸い込んでみた。

「吸い込んだまましばらく息を止めてて」

そう言ってから、彼女は自分も大きく一息吸い込んだ。

気がつくと一人だった。ひと気のない路地をふらふらと歩いている。

知らないうちに通り雨が降ったのだろうか、アスファルトが濡《ぬ》れててらてらと光っていた。空気が湿っている。息を吸い込むと清々《すがすが》しい。朝が近いのかもしれない。

小さな公園があった。ひどく怠《だる》かったので公園の植え込みを取り巻く柵《さく》に腰を降ろした。露で濡れていて冷たい。疲れているけど嫌な気分じゃなかった。

ふと空を見上げると、頭上に紅蓮《ぐれん》の雲がごうごうと渦巻いている。巨大な渦巻きだった。渦巻きはゆっくりと回転している。まるで新宿の街から何かを巻き上げているみたいだ。中心は赤黒い巨大な肉の渦みたいだった。

あっけにとられて眺めていると、ふいに声をかけられた。

「あんたにもあれが見えるのか？」

声のほうを振り向くと男が立っていた。髪を短く刈り込んでスタンドカラーの黒いシャツを着ている。暗くて年齢はよくわからないが三十代くらいだろう。少し日本語のアクセントに癖があった。中国人なのかもしれない。

はっとした。男の身体《からだ》からあきらかに死臭がした。

「あの渦は、十年くらい前から出るようになったんだ」

男は独り言のように言った。

「あれって、何なの？」

「わからないが、たぶんバランスをとっているんだろう」

「バランス？」

男はゆっくりと私の側に近寄ってくる。

「ああ、バランスだ。世界のバランスだ。この街は質量が大きすぎるからな。バランスが悪いんだ。だからエネルギーをどこかに逃がしている。夜明け前のこの時間になるといつも現れる。肉の渦みたいだろう。吸い取ってるんだよ。そしてどっかに放出している」

「どこに？」

へっ、と男は笑った。

「知らない。ゴビ砂漠か、あるいはシベリアの原野か、きっとそんなとこだろう」

じっと見ていると、赤紫色の細かい粒子が渦の中に吸い込まれていくのが見えた。あれがこの街のエネルギーなのかと思った。不吉な色だ。

「あなたは、すごく死体臭い。死んだ人間の臭《にお》い、腐った血の臭いがする」

男は私の隣に座り「そうか……」と呟《つぶや》いた。別に驚いたふうでもなかった。臭いの元はすぐにわかった。男の靴だ。まるで屍《しかばね》を越えて歩いてきたみたいに、男の足下から死臭が立ち上がっていた。

「この靴が臭い」

そう言うと男は愉快そうに笑った。

「面白い女だな」

吸っていたタバコを靴でもみ消した。

「靴を取り換えるのを忘れたんだ」

男は黙って私を引き寄せると、腕を引いて公園の公衆トイレに連れ込んだ。この中も猛烈に死体臭かった。ふと、デジャヴュを感じた。こんなことが前にもあったような気がした。何が起こるのかわかっていた。薄汚い洗面台に腕をついて腰を突き出した。男は黙ってスカートをたくし上げ下着を下ろす。指で濡れているのを確認してから、黙って自分のペニスを挿入してきた。私は男のためにさらに腰を突き出した。こうなることを望んでいたのは自分だと思った。男はそれを読み取り、私に応《こた》えたのだ。

「悪いが急いでいる。ゆっくりできなくて残念だ」

男は腰を回しながら言った。

「だが、お前に会って縁起がいい。今日の仕事はうまくいきそうだ」

膣《ちつ》の肉がひくひく痙攣《けいれん》しながら男を飲み込んでいるのがわかる。私は底なしだ。眉《み》間《けん》まで男の精気が突き抜けてくる。私は今、赤黒い肉の渦になって男の精気を巻き上げている。すごい快感だった。男の動きが激しくなり、リズミカルに腰を叩《たた》きつけてくる。その度《たび》に声を上げた。気がつくと自分の突起を指で揉《も》みながら激しく声を上げていた。これは私ではない。男の記憶だ。私はこんな性交はしない。男は今、頭の中で別の女を抱いている。その男の記憶に私は共鳴している。

妙に芝居がかった声を発して男は射精した。男が引き抜くと熱い精液が膣からどくどくと溢《あふ》れ出してくる。

「俺のは妊娠しない。気にするな」

男は自分のペニスをしまうと、洗面台で手を洗った。

「あまりこんな場所をうろつかないほうがいい。ラリってるだろう?」

そうなんだろうか。自分ではよくわからない。

「昔、お前みたいな女が上海《シャンハイ》にいた」

きっと、行為の間に男が考えていた女のことだなと思った。その女は自分でクリトリスをいじるんだ。私はパンティを穿《は》き直し、太腿《ふともも》の精液をティッシュで拭《ふ》いた。まるで娼婦《しょうふ》みたいだなと思った。

「それって、どういう女のことを言ってるの?」

私の質問に、男はちょっと考えてから呟いた。

「世界のあっち側と繋《つな》がっている女だ」

15

「気分はどう？　今、どんな感じ？」

決まりきった質問。これは一つの儀式だ。いつ、いかなる時でも同じでなければいけないもの。

「最悪です。混乱がひどくなってるみたい」

椅子《いす》にぐったりと身体をあずけて私は答えた。

「ひどくなってるとは？」

カウンセリングルームの空調が効きすぎていて、急激に汗が冷える。よけいに疲れを感じる。

「先週、面接が終わってからパニック状態になりました。自分の感情を抑えることができなかった。ひどく興奮しました」

「それは何か理由があってのこと？」

国貞の職業的な対応にイライラしている。血圧が上昇しているのがわかる。

「興奮状態の時のことは覚えている？」

「覚えてます。興奮していてもいつも頭のどこかが覚めてるんです」

「するとあなたは、興奮している自分を自覚してるんだね」

「そうです。だからよけいに怖いんです。その覚めた状態で、私は兄を見ました」

はずみで言葉が飛び出してしまった。自分の言ったことにハッとして口を押さえたけど、もう遅かった。国貞が聞きのがすはずがない。

「兄さんを？　それはどこで？」

口調が変わった。獲物を狙《ねら》っているような注意深さ。観念するしかない。

「この下の、新館のトイレで。ふと気がつくと私の後ろに兄が立ってました。現実とまったく変わらない姿で。話しかけても消えませんでした。クリアだった。すごくはっきりしてました。幻覚なんかじゃない。現実そのものの姿でした」

「兄さんの幻覚を見たのは、それが初めて？」

言葉に詰まった。だが嘘《うそ》をついても無駄だと思った。

「いいえ。三度目です」

「これまで、そのことを話してくれなかったね」

「話せなかった」

「なぜ?」

「だって、臭いがして、おまけに幻覚を見たと言ったら、先生は私を確実に病気だと思うでしょう?」

「それはわからないよ」

「わかります。私、先生の教え子ですよ。幻覚や幻臭が出たら妄想型分裂病の初期症状です。投薬による専門的な治療が必要のはずです」

ふうとため息をついて、諭すように国貞が言う。

「あなたは僕じゃない。勝手に僕になられては困るな。一度目と二度目の幻覚について話せる?」

話したくはない。でも黙っていてはますます精神病みたいだ。

「一度目は、兄の死の知らせを聞いて実家に帰る途中でした。実家の近所の夜の無人踏切りで兄の姿を目撃しました。その時は一瞬の出来事でした。次は私の部屋で、この時は私もひどく興奮していました。三度目は先週の面接の後に……とてもはっきりしてました。生きているみたいだった」

「どうやらあなたの兄さんはだんだんはっきりしてくるみたいだね」

「そうみたいです。もう無視できなくなってきました。それから臭いのほうも、少しずつさらに敏感になってるような気がします。下水溝や、公園の公衆トイレや、いたるところから死臭がします。先生、世の中にはずいぶんたくさんの死体が腐って朽ち果てているみたいですよ」

自分がひどく投げやりになってるな、と思う。今日はずっとふてくされて体を椅子にもたれさせたまま横ばかり見ている。

「夜は眠れる？」

「はい」

「そうか。薬が必要になる場合には、付属病院を通さなければならない。どう？　安定剤が必要？」

「おまかせします。もう、自分が病気じゃないという自信がもてなくなりました」

「十分正常だ。冷静な患者で助かるよ。人はいろんなものを見る。死者を見たからと言ってそれが即、病気だなんて私は思ってはいない。なぜ人間は夢を見るのかだって解明されていないんだ」

国貞の言葉に少しほっとした。

「兄さんの幻覚に対して恐怖を感じる？」

「……それほどでも。兄を見て大声で叫んだりしたことはないです」

「存在を受け止めてしまっているわけだね？」

「そうですね。もともと兄は幽霊みたいな人だった。生きている時もあんな感じですから」

そう言ってから、自分の言葉が可笑《おか》しくて笑ってしまった。やっぱり、私はまだ兄を死んだと思っていないいんだ。あの時、葬儀屋が兄の遺体を見せてくれれば、もしかしたらこんな幻覚は見なかったのかもしれない。

「今日は少し、あなたと兄さんの関係について聞きたい。いいかな？」

「はい」

「まず、あなたが兄さんを自分の部屋に呼んでいっしょに暮らすようになった、精神的経緯について聞きたい」

「それは、前にもお話ししたように、兄の両親に対する暴力がひどくなって、なんとか父と母から引き離したいと思ったからです。このままではいつか家族が殺し合うと思ったから。でも、兄は行くところなんてありませんし、とても働けるような状態じゃなかった。鬱《うつ》状態でした。それで、私の部屋に連れてくるしかなかったんです」

「お兄さんは、よくそんな状態であなたのところに自力でやってこれたね」

「誘惑したんです、兄を。必死で説得しました。あなたを救いたいって。これが最後のチャンスだから、二人でがんばろうって。兄はとても臆病《おくびょう》な人だから、私の言葉の嘘は敏感に感じ取ります。彼は誘惑されて捨てられるのが一番怖いんです。だから、私も兄を説得する瞬間だけは全身全霊で話しかけました。その時の気持ちに嘘はなかったです。救いたいと思ったし、救えるような気がしました。私の言葉が真実だと思えたから、だから、兄は雨戸を閉めきった自分の部屋、彼にとっての子宮みたいな場所から這《は》い出てきたんだと思います」

「続けて」

「私は、兄に対して恋人のように世話を焼きました。そうすることが一時的に彼を元気にすることを知ってたからです。エロチックなエネルギーを注ぎ込むことが一番即効性がある。カウンセリングだってそうでしょ？　カウンセラーに恋愛感情をもって転移することで治る患者が多い。私は無意識に兄の恋人になってました。事もあろうに自分の兄に。兄は一時的な満足を味わっていたと思います。女性的な存在からの絶対的な援助、愛を受けたわけですから」

「その関係はいつか破綻《はたん》するとは思わなかった？」

「わかってはいたけど、無視しました。破綻するに決まっているとわかっていたけれど、一時的な時間稼ぎをするつもりだったんです。兄の精神的な力が高まってきたら、ちゃんとしたカウンセリングを受けさせるつもりだったし、適切な治療方法を説得できると思ってました」

「説得はできたの？」

「できませんでした。誤算でした。あれほど頑《かたく》なに診療を拒否するとは思ってもみませんでした。兄は私以外の誰とも会おうとしなかった。会ったとしても受け入れなかった。アダルトチルドレンのグループワークを勧めた時は、顔色を変えて怒りました。俺は病気じゃないって。十月の終わりに私の部屋にきた兄は十二月頃にかなり回復して、私の仕事のワープロ打ちやテープ起こしを手伝うようになってました。その頃に私は兄を他者の中に連れ出そうと試みて、いろんな場所に誘いました。友人の陶芸教室とか、山歩きの会とか。連れ出せばついてきたけれど、兄は誰とも交わろうとしなかった。拒否していたわけではなく、浮いていました。いつも。彼はとても防衛的で、プライドが高く、そしてコンプレックスの塊でした。いやらしいほど自意識が過剰で傷つきやすくて、いっしょにいると疲れました。でも、兄は人と会うと私の比ではないくらいクタクタになったみたいです。出かけた翌日は起きられずにいつも寝込んでました。そのうち、もう私の誘いにはまったく乗らなくなりました」

兄が他者と接した時のことを思い出すと苦しくなる。彼は浮浪者のような格好をしながら、時として政治や経済に対して辛辣《しんらつ》な意見を述べたりした。批判的で独りよがりの発言は周りの人間を当惑させたけど、兄はおかまいなしだった。ひどいコンプレックスを裏返しにした自意識。剥《む》き出しで痛々しいほどだった。

「お兄さんはあなたの部屋で、どうやって生活していたのかな？」

「私は兄の労働に対して給与を支払いました。私にとってもあなたの援助が必要なのだ、と兄を説得したからです。労働時間を取り決めて契約しました。お金のことはとてもはっきりとさせてました」

「それはなかなか正しい接し方だったと思うよ」

国貞は感心したように頷《うなず》いた。

兄の生活は質素だったが、私は兄を抱えて経済的に苦しかった。大人一人を養うことの大変さが身にしみた。人間は生きて呼吸しているだけでお金がかかるのだと思った。

「お兄さんは働くことに関しては何と言っていたの？」

「働きたいけど、働けないと言っていました。体調が悪いと。確かに兄の体はボロボロに見えました。長年の不規則な食生活で内臓が弱り切っているみたいでした。何か食べるとよく吐いてました。そのくせ、消化の悪いジャンクフードばかり食べるのです。まるで、わざと身体《からだ》を悪くしてるみたい。健康になりたくないみたいでした。たぶん兄は、ずっと私の元で仕事を手伝えたらいいな、と思っていたみたいです。でも、私にはその気がまったくありませんでした。この時点で、私は兄を裏切っていたんだと思います。そのうちに、兄の存在がどんどん疎《うと》ましくなってきました。私のほうの気持ちが限界にきてしまった。兄といっしょにいると重苦しくてたまらないんです。話をしていると、あまりに無責任で身勝手で吐き気がしてくる。いくら聞こうと努力しても、どうしても聞けないんです。聞いていると自分の具合が悪くなってしまう」

「お兄さんは、主にどんなことを話すの？」

「昔のことです。兄の話は全部昔の話ばかりでした。とりとめもないような過去の記憶を話し続けます。それから、父と母への理不尽とも思える呪《のろ》いと不満です。聞いていてひどく苦しくなる。あまりにも自分勝手な言い分で、両親を呪っていました。最初は懸命に聞こうと努力しました。聞くことが一番彼を癒《いや》すとわかっていました。だけど、だんだん苦しくなりました。聞いている私のほうが具合が悪くなるんです。黙って聞き続けることができなくなりました。吐き気がしてくるんです」

「わかるよ。お兄さんは家族だからね、他人の言葉として聞くのは無理だ」

そう、その通り。兄が呪っていたのは私と血が繋《つな》がった人間たちだった。父も母も私の一部だ。私の中の父の部分、母の部分を彼は呪っていることに気がついてくれなかった。

「私は……、次第に男友達の家に転がり込んで、自分の部屋に帰らなくなりました。最初は週一日か二日留守にするだけだったのだけど、それが次第に増えて、とうとう四月頃には週に一日くらいしか部屋に戻らなくなりました。兄には電話番と郵便物の整理を頼んで、ときどき仕事を与えてました。確定申告の計算とか、請求書の送付とか。彼はものすごい時間をかけて効率悪く、でも言われたことはちゃんとやりました。彼なりの誠意をもって。その姿が痛々しくて、よけいに辛《つら》くて、私はますます兄から遠ざかりました。兄は五月のほとんどを私の部屋で一人で暮らしたと思います。たまに部屋に帰ると、兄がワープロの練習をしたり、本棚の本を片っ端から読んだりしているのがわかりました。私は、兄はそれなりに楽しんで暮らしているんじゃないかと思ってました。そう思いたかった。思い込もうとしていた。部屋代はいらないし、お小遣い程度の給与は払ってました。そして、六月五日に、ふと、そういえば今日は兄の誕生日だったと思い出したんです。お祝いに帰ってあげようと思っていたのだけれど、その夜も男友達から誘われて、結局、兄のところには行かずに飲みに行ってしまいました。翌々日の六月七日に部屋に行ってみると、その時はもう兄は私の部屋にはいなかったんです」

忽然《こつぜん》と兄と兄の荷物が消えた部屋に帰った時、私はひどくほっとした。

「そして八月一日に遺体で発見される……」

「そうです」

「あなたは、お兄さんが死んでからまだ泣いてないと言っていたね」

「兄のために涙を流してはいません」

「それはなぜだろう？」

「わかりません。兄を理解できないからかもしれない。彼の行動があまりに理不尽で、自分勝手なので、それに怒りを感じているからかもしれません」

「お兄さんは、あなたに何を感じていたと思う？」

「恨んでいたと思います。裏切ったと」

「本当にそう思うの？　それだけ？」

やっぱりお前も裏切ったじゃないか、と兄は思ったに違いない。

「兄は、信頼し、頼った私が結局は逃げたことに絶望したんだと思います。だから、コンセントが抜けてしまったんです。命の。そして生きるのをやめて餓死したんだと思います」

私は彼を誘惑して捨てたんだ。自分が一番よく知っている。

「彼は、あなたを恨んでいたんだろうか？　それだけだろうか？　お兄さんの行動は、全部、家族のため。家族の望むように自分を生きただけじゃないだろうか」

一瞬、あっけにとられた。

「家族の望むように？　まさか。兄はいつも一番家族が望まないことをしてたんです」

「それは違う。その場面、場面で、彼は家族の思いを叶《かな》えたんだ。身を削ってね。ずっとそうやって生きてきたんだろう。子供の頃は母親が内心こうしてほしい、と思っていることを読み取り、そしてそれに応《こた》えてきたんだ。おとなしいいい子でいてほしい、世話をかけずにいてほしい、母親がそう思っていたら、彼はそれに適《かな》うように彼なりに行動した。いい？　問題はここだ。彼は彼なりに努力した。もちろん母親の内的要望とは全然かけ離れているかもしれない。だけど、彼は彼のできる範囲でそれに応えようと努力したんだよ。そして、その努力には愛情という見返りが必要だった」

「見返り？」

「そう。でもその見返りは高すぎて、誰も払うことができない。兄さんは利子の高い高利貸みたいなものだね。無理やり家族に貸し付けて、高利で取り立ててた。取り立てがきつすぎて、家族は辟易《へきえき》する。彼はいつも集金できない。だから親を恨んでいたんだ」

兄の母親への口癖は「お前が悪い、お前が俺をこんなにした」だった。

「確かに、そういうところ、あったかもしれない」

「あなたに対しても同じことをした」

「私にも?」

「そう。あなたは、心のどこかで兄さんが突然いなくなってくれればいいと望んだろう?」

そうかもしれない。私はずっと兄がいなくなるのを望んでいた。

「兄さんは、あなたの願望を読み取り、そして満たしたんだ。だからいなくなった。それだけだ。いなくなってほしい、働いてほしい、自立してほしい、それら家族の望みを彼は彼なりに読み取り、そして不完全だがそれに応えた。あなたの元を去り、自分で部屋を借り、自活を始めようとした。彼なりに家族の要求を全部飲んだ結果がアレなんだ。彼にしては精一杯のことをした。それによって自分が死ぬとは思っていなかっただろうが」

「本当に、死ぬと思っていなかったんでしょうか?」

「それは本人にしかわからない。だが部屋を借りる時点では、家族の要望を一〇〇パーセント満たしてやったという満足感があったと思う。自分の行動が不完全だとは思っていない。彼は思ったろうね、これだけがんばったのだから見返りがあって当然だ。自分は努力した、と。だが、その結果として状況が悪いほうへ変わった時、生きるも死ぬもどっちに転んでもいいか、とは思っていたかもしれない」

「兄は私を怒ってますね」

「なぜ、そう思う?」

「だって私は兄の努力に利子を払っていない。だから兄は亡霊になって取り立てにきているのかしら」

国貞は鋭く私を見た。

「本心でそう思っている?」

「わからない。兄の気持ちを考えることができない。考えようとすると鉛色の壁が見える」

「お兄さんの本当の気持ちを知ることは、あなたにとって都合が悪いわけだ」

嫌な言い方だと思った。何かひどく腹が立った。私にとって都合が悪いですって?

「先生はおっしゃったじゃないですか。兄は死んでるんです。兄の本当の気持ちなんて、もう誰もわかることはできないんです」

「あなたは今、なぜ、怒ってるの？」

カッとなって私は怒鳴った。

「怒ってません」

「あなたは十年前に私の教育分析を受けた。その時、最初の面接で君が言った言葉を覚えている？」

いきなりそう言われて、頭が真っ白になった。

「……いいえ、よく覚えていません」

私は何と言ったんだろう、なぜそんなことを国貞は言いだすんだろう。

「あなたはこう言った。人間の感情が嫌いだ、と」

カウンセラーは職業的に笑うと時計を見て言った。

「時間だ。今日はここまでにしましょう」

勝手すぎると思った。こんな中断の仕方は勝手すぎる。ひどく不愉快だった。私はもっと何か言いたかったけれど考えがまとまらない。音を立てて不機嫌に立ち上がりバッグを摑《つか》んだ。挨拶《あいさつ》するのも腹立たしく、無言でカウンセリングルームのドアを開けようとした時に背後で国貞が「そうそう……」と独り言のように呟《つぶや》いた。

「山岸君を覚えてるかな、同じゼミだった」

振り返ると国貞は私に背を向けてブラインドの隙間《すきま》から外を見ている。

「昨日の症例報告会で、彼が面白いことを言っていたよ。彼の担当している患者は自分がトランス状態になることをコンセントが抜ける……と表現するんだそうだ」

山岸……。すぐには思い出せなかった。そういえば、そんな男がいたかもしれない。

「山岸君は医学部に入り直してね、今は付属病院の精神科の医局にいる。不思議な男でね、なんでも解離性障害を専門に扱ってるらしい。あなたのことはきっと覚えているだろう」

無言で会釈《えしやく》して、私は激しくドアを閉めた。

16

「ねえ、山岸君って覚えてる?」

残暑が厳しい。今年は九月になっても夏が終わらないみたいだ。本田律子と私は汗を拭《ふ》きながらプラタナスの並木道を歩いていた。蟬《せみ》の声が鼓膜をぐわんぐわん震わせている。

「山岸? 山岸峰夫《みねお》のこと?」

あまりに暑いので、大学のある私鉄駅前のスタンドコーヒー店に逃げ込んだ。冷たいコーヒーを飲んでやっとひとごこちつく。律子はお腹《なか》が空《す》いたと言ってホットドッグを食べている。

「そうかな……、今は付属病院の医局にいるらしい」

知ってるよ、と律子はそっけなく答える。

「それは間違いなく山岸峰夫だよ。面白い男だよ。彼はトランスパーソナル心理学に造詣《ぞうけい》が深くてね。何度かシャーマンの精神構造について彼と議論したことがあるよ。そうそう、山岸君こそねえ、十年前朝倉さんの隠れファンだったんだから」

「ウソばっかり」

「なんで山岸君を？」

「うん、ちょっとね、聞きたいことがあって」

「ふうん。国貞先生の次は山岸峰夫ねえ。おまけにシャーマンの住所が知りたいとなると、もう心理学から精神分析、神様まで総動員ってわけだね」

そう言って、律子はバッグの中からごそごそと封筒を取り出した。

「これ、ご所望の宮古島のユタの住所。上地《うえち》ミヨさん。私の紹介できたと言えばたぶん会ってくれると思うけど、確約はできないよ。神様がダメって言ったらそれでお終《しま》いの世界だから」

封筒を受け取ってお礼を言ってから、律子に聞いてみた。

「ねえ、シャーマンって、共同体の中のコンセントみたいな存在だってこの間言ったわよね。覚えてる？」

「ああ、うん」

「それにコンセントについて知っているって、私に言ったわよね？」

ようやく律子はごっくんとパンを飲み込んだ。

「シャーマンは、壁についている穴のほうね。その穴は見えざる世界と繋がっているわけ。そしてね、シャーマンを訪れる人は自分のプラグをコンセントに差し込むわけだよ。そうすると、神様の世界と繋がることができる」

「なるほど……」

「コンセントってのは和製英語なの。つまり日本語。ラテン語では共に調和し共感する、という意味なのよ」

兄がもっていたのはコンセントではなくプラグだった。ということは兄は差し込むべきコンセントを探していたということなのだろうか。

「コンセントって電気を使う時に必要でしょ？　つまりエネルギー供給のための道具なんだよ。シャーマンの場合もね、生きるエネルギーを消耗しちゃった人たちがやってきてエネルギーをもらうわけ。かつて共同体にはそういう生命エネルギーの供給口になる存在がたくさんあったんだよ。人間はパンのみにて生きるにあらず。気力がなければ死んでしまう。人間が生きるためにはなんらかの霊的なエネルギーみたいなものが必要なんだと思うのよ」

「霊的エネルギー？」

「言葉がよくなかったかな。霊っていうとおどろおどろしいものね。スピリチュアルとでも言い直しましょうかね」

「それは、気、みたいなもの？」

「霊的なエネルギーの実態は解明されていない。でも、人間が生きているのはなんらかの生命エネルギーが存在するからだと考える人が増えてきているわ。一九九九年にはWHOが人間の健康の定義の中にスピリチュアルに健康であること、という項目を加えたんだよ。すでに霊的に健康であることは世界が認める健康の条件の一つなの」

それから律子は単刀直入に言った。

「なぜそれほどコンセントにこだわるの？」

私は笑って答えた。

「謎《なぞ》解き遊びよ。自分でもなぜこだわっているのかよくわからない。でも、こだわらないではいられない」

「それって、電波が入ってるんじゃない？」

「電波？　何それ」

律子はワライカワセミのような声を上げた。

「朝倉さんって、本当に精神世界系ダメなんだね。つまり、どう言ったらいいかなあ。

何か自分の意識以外のものとチャネリングしてるんじゃないか、ってこと。コンセントっていうキーワードは外部から発信されて朝倉さんに入ってきてるんじゃないかってことだよ」

どうも律子は私を怪しい世界に引き込みたいらしい。ため息をついた。

「あなたこそ、オカルトかぶれしてるわよ。この間だっていきなり変な店に連れてってびっくりしたわよ」

あれね、と笑ってごまかそうとする。律子には悪びれた様子はない。

「まいったよ、朝倉さん、ちょっと目を離した隙にいきなり消えちゃうんだもの、びっくりしたわよ。あなたって本当に行動が読めない人よねえ。ところで、あの晩はあれからどうしたの？ せっかく上物を用意してもらったのに、あなたったらまるで効かないみたいだから残念だったわ」

律子は普段もああいう生活をしているんだろうか。

「よく覚えてない。気がついたら自分の部屋に寝てた。もうあんな悪戯《いたずら》はやめて」

ふと、あの晩の不思議な男の記憶が蘇《よみがえ》った。死人の臭《にお》いのする靴を履いた男。あれは現実だったのだろうか。それとも幻覚だったのだろうか。それすらも判然としない。

「そういえば、新館の女子トイレのモップ。一カ月ほど前にいきなりトイレで大量に出血した学生がいて、それを掃除したそうだよ。すごいね、朝倉さんって前世は警察犬だったとか」

「それ、本当？　そんな大量の血だったの？」

「子供、流産したらしい」

間違いなく異常嗅覚《きゆうかく》だ。私の脳に何かが起こっている。でもいったい何が起こっているのかがわからない。

「だいたい、電波が入るなんて、それじゃまるで分裂病者みたいじゃない」

そう言ってから、自分の言葉に笑ってしまった。客観的に見たら、私の症状はきっと分裂病に分類されるんだろう。

「ま、そのあたりのことは山岸峰夫にじっくりと聞いたらいいわ。あの人の専門だから。山岸君はね、なかなか優秀な精神分析医になってるらしいよ。ああいう危ない奴《やつ》が危ない人間のことはよくわかるんだね。紙一重っていうか」

「危ない奴なの？」

「うーん、なんていうかなあ。あれも一種のシャーマンかもしれないわね。すごく理知的で制御された現代風のシャーマン。シャーマンって語源はシベリアのツングース族が『興奮状態にある人』をサマンと呼んだかららしいの。でもね、興奮状態になって忘我の状態で仕事したのは大昔の話で、最近のシャーマンはもっと冷静で知的なの。そういや山岸君って、ちょっと朝倉さんと似てるかも」

「私と似てるの？　私も危ない奴なわけ？」

「ベクトルは違うけど、似たようなもんかも」

そう言って律子はニッと笑うと付け加えた。

「会ってみたらいいかも。国貞先生よりは、センスいいと思うよ」

山岸峰夫が指定してきたのは、深夜の大学病院の待合室だった。

「当直の時でよければ時間取れるけどなあ」と、電話の向こうであまり気ノリしなさそうに彼は答えたのだ。

約束の午後十一時に大学の付属病院の暗い待合室に座っていると、細長いシルエットが赤い非常灯の廊下を歩いてきた。白衣をひっかけて、気怠《けだる》そうに近づいてくる。立ち上がってお辞儀をすると、無愛想な声で「こっちやねん」と手招きした。鼻にかかった関西弁、短く刈り込んだ髪、銀縁の眼鏡、はっきり思い出した。十年前とあまり変わっていない。

「散らかっとるけど、医局の部屋、今、俺しかいないから」

そう言って通された部屋は、本当に散らかっていた。誰かの机の事務用椅子《いす》の埃《ほこり》を払って、山岸は私に勧めてくれた。それから、缶コーヒーしかないけど、と言ってぬるいコーヒーを放り投げてきた。

「国貞さんから俺のことを聞いたんだって？」

曖昧《あいまい》に返事をすると、山岸は皮肉っぽく私の顔を見た。初めて私のほうを見た。十年ぶりに会ったというのに挨拶もロクにしない。まるで、昨日別れたみたいな口のき方だ。

「なんで今さらあのおっさんと会ってるわけ？」

ため息が出た。これを説明するには根気とパワーがいる。

「あなたが想像してるような理由で、ってことにしといて」

それを聞くと山岸は、ケケケという下品な笑いを漏らした。

「またカウンセラーごっこしとるんか。飽きもせんと」

不愉快な男だ。

「今日きたのは、あなたから皮肉を聞くためじゃないわ。ちゃんと目的があるの。これからそれを簡単に説明するから、答える気がないならはっきりそう言って。そしたらすぐ帰るから。いいかしら」

さすがに山岸は黙った。

「コンセントについて聞きたいの」

肩をすくめた。勝手にどうぞ、という合図だろう。

「今年の八月に私の兄が死んだの。衰弱死だった。緩慢な自殺と言ってもいいと思う。兄は精神的に弱い人だったけど、精神病ではなかった。だからタチが悪かったとも言える。限りなく異常に近い正常を生きていた。性格異常、アダルトチルドレン、境界例、仮面鬱《うつ》、名前をつければそんなところ。そしてたった一人で餓死した。死ぬ前に、私にコンセントの話をしてくれた。分裂病の男の子がいて、その子はコンセントが抜けると動けなくなる……。そういう話だった。なんだかとてもコンセントにこだわっていた。私は兄がなぜコンセントにこだわっていたのか、なぜ部屋に閉じこもったまま即身仏みたいに衰弱死したのか、その理由を知りたいの」

話を聞きながら、山岸はまるで自分のハードディスクを検索しているみたいに上目遣いに静止した。スイッチが入った、って感じだった。

「あんたの兄さん、いくつだった？」

「ちょうど四十歳だったわ」

「おかしくなりだしたんはいつ頃や？」

「はっきりとは特定できないけど、たぶん中学時代だと思う。その頃から家庭内暴力が始まったから。それから、安定したり、悪くなったり、繰り返しながら全体的には悪化していった。三年ほど前から自室に閉じこもるようになって、昼夜逆転の生活が始まって、どんどん精神的に不安定になって、無気力になって、お決まりのパターンよ」

「思考は正常だった？」

「たぶん、最後まで正常だったと思う。幻覚も幻聴もなかった、あくまでたぶんね。ただ、ときどきぼおっとしてることがあって、最初は何かの発作があるのかな、って思ったことがあった」

「発作？」

山岸の動きが止まる。この男ってサイボーグみたいだ。

「なんとなく、目が宙に浮くような感じになることがあったから。でも、意識がないってことじゃないのよ、なんか全然別のことを考えているみたいな感じ」

発作か……と、山岸は小さく呟《つぶや》く。

「兄さんの趣味とか、どんなんだった？」

「趣味？」

「そや、音楽とか、好きな本とか」

「死んだ部屋から出てきたCDウォークマンにはモーツァルトが入っていた。でも彼はジャズが好きだったんだけどね。映画や文学に関してはちょっと変わった趣味だった。ルイス・ブニュエルの全作品をビデオで揃《そろ》えていたし、本はラテンアメリカの幻想文学が好きだった。特にガルシア・マルケスの『百年の孤独』を愛読してた」

そうだった。『百年の孤独』、あの本がよくテーブルの上に載っていた。私の書棚にあるのを見つけて嬉《うれ》しそうに言ったっけ。「お前もこれ好きなのか？　やっぱりきょうだいだなあ」って。

「そりゃ、もしかしたら、自発性トランスかもしれん」

回転椅子の背もたれに顎《あご》を乗せて、彼はくるりと回ってみせた。

「自発性トランス？」

「あんまり知られてないけどな、この病気の奴はけっこう多い。普通、トランス状態って、薬物の力を借りたり、ハイパーベンチレーションみたいな過呼吸状態になって入るもんやろ？　ところがな、世の中には自発的にトランス状態に入ってしまえる才能のある奴がおるんや。あんたの兄さんもそれやったんとちゃうかな」

「もう少し詳しく教えて」

私は身を乗り出した。

「自発性トランスの奴らはな、自分で自分の意識を身体《からだ》から出したり入れたりできるんや。空想癖のある人間に多い。最初のうちは、自分だけの空想の世界に遊んでるんよ。子供みたいに空想に没入して、その世界の中で現実と同じように生きている。もちろん、自分が空想してるいうのはわかってる。空想好きな人間はたくさんおるし、別に珍しいことじゃない。彼らが成人して、社会の中である緊張場面に遭遇する。思い通りにいかんことが世の中にはいっぱいある。そういう時、彼らは一時的に空想の世界に逃げるんよ。一種の自己防衛やな。そうやって、現実の緊張から逃げてるうちにな、なんかの拍子でポン、とトランス状態に入ってしまう。忘我の状態だ。これがえらい気持ちいいらしい。一度経験すると、その状態があんまり気持ちいいんで、現実の世界に帰ってくるのが嫌になるんや。もちろん、いつもトランス状態で夢の世界にいたら日常生活ができへんから、一生懸命に普通に生活しようとするんやけど、そういう人間にはこの社会のルールに従って生きるのがえらい苦痛なんよ。それで、ついトランス状態に逃げ込んでしまう。酒なんぞ飲まなくても薬なんぞやらなくても、自発的にトランスしちゃうわけやから、こんなお手軽で気持ちええことないわな。誰でもできる技やない。才能だ。彼らは自分の才能に気がつくと、それを磨きたくなる。

そんでな、トランスする方法を自分なりに修行して習得してくんよ。まあ、現代の仙人みたいなもんだわな。たぶん、あんたの兄さんも、鬱で自閉しとった三年間、自室に閉じこもっとる時に、毎日毎日修行してたんやろ。トランス状態に自在に入る方法をな。なにしろ時間は腐るほどあるわけやから、一日中、それを繰り返して練習していいわけだ。とはいえ、そう簡単にその状態に入れるわけやないからな、今度こそは、今度こそはと思って、あれこれ工夫しながら修行に没入してくわけや」

修行という言葉に妙な説得力があった。兄を見ていた時にこの人は何か修行者のようだと感じたことがあったのだ。

「それって、単なる現実逃避じゃないの？」

と言った途端に強く否定された。

「違う。逃避してるいう罪悪感はない。たぶんまったくない。それよりも自分が人とは違う世界を体験しているという優越感のほうが大きい」

確かに兄は、あんな荒《すさ》んだ生活をしていながら、どこかで私を見下しているようなところもあった。彼は私の知らない忘我の世界を垣間見《かいまみ》ていたというんだろうか。

「形は違うが新興宗教の修行者みたいなもんだな。解脱《げだつ》を目指してんだよ」

「あれが解脱の姿なの？」

「どう感じるかは個々の認識の相違や」

その通りだ。

「トランス状態って、具体的にはどういう状態なのかしら」

「人によって個人差はあると思うけど、俺の患者の一人は、自分の意識が自分の身体から抜け出して目の前二十センチくらいを浮かんでいるような感じだ、って言ってたな。ふわふわしてえらいいい気持ちらしい。そんでな、そのトランス状態に入ることを、彼らはなぜかコンセントを抜くって表現するんや、示し合わせたみたいに。不思議やろ」

「その状態は、自分で意識的に操作できるようになるの？」

「そういう患者もいたな。俺の見てる前でコンセント抜けるか？　って聞いたら、できますって言うんや。今、抜きますって。抜いた状態になるとほんまに魂が抜けた人間みたいになる。今どこにおるんや、って聞くと、身体から離れてセンセの前を浮いてます、って言う。ほなもうええから、そろそろコンセント入れましょうか、と声をかけると、俺の見てる前でハイって返事してコンセント入れるんや。すると現実に帰ってくる。コンセント入れて戻ってくるとえらいしんどいですわ、ってもうぐったりするんや。トランス状態にあっても完全に意識がなくなるわけじゃない。俺の声も聞こえる。ただ、何度もそれを繰り返していると、トランスが深くなってってって、そのうち何もわからんようになってしまう。本人たちもそれはちょっと怖いみたいや」

「じゃあ、彼らにとってはコンセントを入れた状態、つまりエネルギーが通って動ける状態のほうが苦痛なわけ？　それってわかるような、わからないような……」

考えがうまくまとまらない。

「さっき朝倉がした男の子の話、それ『世界残酷物語』やろ」

びっくりした。

「知ってるの？」

まあな、と山岸は薄ら笑いを浮かべる。

「あの映画に出てくる男の子かて、コンセント抜いた状態のほうが幸せだったかもしれへんで。どうもあの病院のスタッフは誰もそう思ってなかったかもしれんけどな。コンセントが入ってない状態いうんは、世界と自分の境界が曖昧になって溶け出しとるような状態なんや。肉体の刺激が遮断されて、魂だけになっとるような意識変容状態や。感受性が強すぎて世界の刺激に耐えられない人間にとってはコンセントなんか抜けてたほうがよっぽど楽やねん。だがしかし、コンセント抜いた状態はこの世の状態じゃない。肉体から魂が遊離してるわけやから、それは幽霊みたいなもんや。長くやってたらいつか死ぬ。それでも生きているよりはあっちの世界のほうがいいと思ったら、それはもうしょうがないわな、正常な意識で自分の好みを選択してるわけやからな」

人間の幸福の価値は多様だということなんだろうか。

「じゃあ、兄は、あっちに行ったきりになってしまったのかしら」

「わからんけどなあ。そんなことは誰にもわからんけど、もしかしたら、一人で自分の身体から出たり入ったりして、トランスするのを遊んでいたのかもなあ。心ゆくまでトランスを修行して、だんだん上達して、そのうちに自在に身体から抜け出られるようになって、それを面白がって繰り返してるうちに、とうとう戻ってこれなくなって、それでお陀仏《だぶつ》しちまったのかもな。もしそうだとしたら、それも、なかなかいい死に方だと思うぞ」

そうかもしれないと思った。

山岸の話はリアリティがある。兄が自分の身体から入ったり出たりしているのが目に浮かぶような気がした。そういう人間だったような気がした。兄は自分だけが知っているもう一つの別の世界と、現実の世界をずっと行ったり来たりしていたのかもしれない。そして現実のほうが幸せで尊いと主張するこの世界の住人の無理解にうんざりしていたのかもしれない。

世界は二つあるのだ、なぜわからないんだ……と。なぜ自分はこんなにも生きがたい世界で、苦しみながらコンセントに繋《つな》がれて生きなければならないのだ……と。

「その場合、コンセントから流れてくるエネルギーは何なの？」

山岸は静かに笑った。

「異物だよ」

「異物？　異なるモノってこと？」

「そうだ。人間の心は異物を吸収し、消費することによってエネルギーを得ているんだ。肉体のシステムと心のシステムは相似形だ。あらゆる異物を取り込み、それによって発電する。異物とはつまり外的刺激だ。人間が感じる五感はすべて異物なんだ」

「じゃあ、コンセントを抜くということは異物を取り込むのをやめるってことなの？」

「そうだ。あらゆる刺激を自発的にシャットアウトすることだ。刺激がなくなると自我と世界の境界がなくなり、世界と自分は一つになる。ハタから見れば自閉だが、本人にとっては内的世界との完全な融合だ」

世界との一体感、それはもっと開かれた感覚のようにイメージしていたので意外だった。

「それは宇宙飛行士や、臨死体験をした人が感じるという世界との一体感と同じものなの？」

「ベクトルが違うね。外の世界との融合体験は、太いコンセントでダイレクトに刺激を受けた時に起こる感電現象のようなもんだ。内的世界の融合体験はコンセントを抜いた時に起こる。コンセントが繋がっていたほうが社会性が高いが、どっちがいいとか悪いとかはない。コンセントを引き抜いてしまえるのも一つの能力だ。あまり評価されないが、普通の人間にはできん」

兄は外部からの刺激を自発的に断ったのだ。部屋に閉じこもり、雨戸を閉めて、そしてついにはコンセントを抜いて。

「とても参考になった。今まで聞いたどんな説明よりリアリティを感じたわ。きてよかった。どうもありがとう」

そう言うと、山岸は「どういたしまして」と含羞《はにか》んだように笑った。

「お役に立てたみたいで光栄だな」

時計を見ると、もう午前二時を回っていた。

「そろそろ帰らなきゃ。ごめんなさい、ついこんな時間まで居座ってしまって」

立ち上がると、山岸は黙って寄ってきて私の腕を摑《つか》んだ。それから自分のほうに引き寄せると耳元で囁《ささや》いた。

「なあ、ホテル行こう」

私は驚いて山岸の顔を見た。山岸は黙って唇を軽く重ねてきた。乾いて薄く冷たい唇は気持ちよかった。嫌な気はしなかった。なぜかもう少しこの男といっしょにいたいと思っていた。

「当直は？」

「もうすぐ相棒がデートから帰ってくる。交替だ」

そう言い終わらないうちに、ドアが開いて若い医師が慌《あわ》てて入ってきた。確かにぷんっと石鹼《せっけん》の匂《にお》いがした。

17

山岸峰夫のセックスは、ノーマルで淡泊だった。

意外だった。あんな誘い方をしたくせに実はそんなにセックスなんかに興味がないみたいに思えた。まるで判で押したように型通り。交互にシャワーを浴びて、ベッドに入って、キスして、愛撫《あいぶ》して、それから挿入して、なにもかも冷静にゆっくり行われた。きめの細かい引き締まった皮膚に抱かれると、とても清潔な感じがした。彼は汗もかかないし、体臭もない。体はいつもひんやりとしている。

腕枕《うでまくら》したいと言う。笑ってしまった。疲れるわよ、と言うとそれでもいいと答える。腋《わき》の下に顔をうずめても何も匂わない。なんだかほっとした。匂いはもうたくさんだ。腕に抱かれてうとうとと浅い眠りについた。明け方、目が覚めると、山岸は黙って天井を見つめている。ハードディスクが動いているんだな、って思った。もしかしたらこの男も自発性トランス気味なのかもしれない。寝返りを打って、胸に手を回すと、山岸は妙に真剣に話しかけてきた。

「なあ、朝倉ってさあ、なんであんなに悦《よろこ》んでくれるわけ？」

思わず頭をもたげて聞き返した。

「何それ、どういうこと？」

お互いの唇が近い。

「だからさ、俺なんかに抱かれて、どうしてあんなに悦んでくれるわけ？　別に俺のこと好きなわけでもないんやし」

言い草が可笑《おか》しくて吹き出してしまった。

「あたし、そんなに悦んでた？」

「ああ、すげえ嬉《うれ》しそうやった。なんか、俺、抱いててせつなくなった。こいつって何なんだろうと思って」

照れ臭いけど、嫌な感じはしなかった。

「自分以外の女の人がどういうセックスしてるか、私わかんないもの」

「そうか。他の男から言われたことないか？」

「ないよお」

「だったら教えてやるけどな、すげえいい女だよ、お前。一度寝たら絶対にもう一回って思うな」

「ありがとう」

「なんていうかなあ、心から嬉しそうに抱かれてくれるよなあ。感動したよ。俺は今エラく清らかな人間になったような気分や」

こんなことを淡々という男も相当に変だと思う。

「それってまたヤリたいってこと？」

「そうじゃないよ。そんなふうにはとらんといてくれ」

「ハイハイ」

「なあ？」

「うん？」

「国貞ともやってんのか？」

どきんとする。でもこの男に隠しても無駄だ。

「露骨な質問だなあ。十年前はね、転移と逆転移の真っ最中だったから。今はたんなる患者と先生の関係、何も感じないよ」

「何も感じないって、そりゃウソだな。感じてないなら会う必要はない」

鋭いなあと思う。

「先生のほうはね、しんどいって言ってた。十年前に私ものすごいひどい仕打ちをしたの。自分から誘惑しといてね、急に嫌になって、気持ち悪くなって、最後に汚いもの捨てるみたいにポイって……。だから恨まれてもしょうがないと思ってたけど、先生は助けると言ってくれた」

そう言うと山岸は悔しそうに言った。

「業《ごう》が深いなあ」

業が深いと言われればそうかもしれない。この男は私のことが手に取るようにわかるらしい。

「あのおっさん、俺に朝倉を見せびらかすつもりで俺のことをお前に教えたんや。あいつはサドマゾの狸《たぬき》オヤジだからな。人間の皮かぶってて騙《だま》すのはうまいけど、欲望を抑えられん下等動物や。今頃、俺と朝倉が寝てるんじゃないかと悶々《もんもん》とオナニーしとるで」

山岸の言葉に吹き出した。

「まさか、そこまでひどい人じゃないわよ」

そう言うと山岸はひどく冷たく言った。

「お前、案外アホやな」

「どうして？」

「肝心なこと忘れとる」

「肝心なこと？」

山岸は私の上に覆《おお》いかぶさるように腕をついた。

「そや。確かにお前は十年前に国貞を振って、相手に大打撃を与えたかもしれん。そやけどそんなん国貞にとってはたかだか失恋の痛手や。お前は自分がどんな仕打ちされたんかわかっとらん。傷ついてるのは朝倉のほうやで」

「私が？」

なぜ私が。

「あたりまえやろが。お前は国貞と契約して分析を始めたんや。転移するのは患者の権利や。あいつにはお前を守る義務がある。たとえお前があいつの前で突然パンツ脱いで襲いかかろうが、あいつはお前を守って自分を抑制せにゃならん。それがカウンセラーの義務や。それを放棄しやがったのは国貞や。つまり、お前のことをほったらかして自分の欲望に走ったんや。お前は悪くない。あの男がお前を傷つけた。それをお前は実は知ってんねん。見ようとしてないだけや。いいか、カウンセラーと寝るってことはな、近親相姦《そうかん》や。父親と寝るのと同じじゃ。傷ついてんのはお前のほうやで、しっかりしろ」

近親相姦という言葉に激しく動揺した。

何か見ないようにしてきたものがある、薄々気がついてはいたのだけれど、はっきりと言葉にならなかった。それを今、目の前に突きつけられた。落ち着け、山岸は何を言ったんだ。すごく大事なことだ。ものすごく大事なことを教えられた。よく考えなくちゃ、私は、どうしたんだっけ、十年前、何が起こったんだっけ、もう一度、思い出さなければ、目をそらさずに。

昼間の国貞の言葉が蘇《よみがえ》ってくる。

「君は十年前に、何と言ったか覚えているか？　私は人間の感情が嫌いだと言ったんだよ」

そうだった。私は自分の感情があまりにも希薄に感じられて、だから人の心に興味をもったのだ。自分以外の人間はどんなことを思い、何を感じて生きているのか、それを知りたかった。そしたらまず「自分を知らなければいけない」と言われたのだ。

自分を知るために分析を受け始めた。それなのに国貞との関係は破綻《はたん》した。私は自分を知ることができないまま十年間を生きてきた。私が知りたかったこと、私が悩んでいたことの本質は何だったんだろう。

耳たぶを冷たい唇がなぞっていく。

山岸の声は誘導催眠みたいだ。

「あんなオヤジほっとけ。関わるな。お前には力がある。自分を信じろ、自分で乗り越えろ」

なんでこの男はこんなに私のことがわかるんだろう。自分でも気がつかなかったことを、なんで十年ぶりに会った、しかも十年前だって親しくもなかったこの男がわかるんだろう。この男は私のことを見通している。そして、私もなぜか、この男のことがわかる気がする。

「あなたって、誰なの……？」

思わず聞いてみた。動きを止め、山岸は思考する。ハードディスクの音が聞こえそうだ。この男は機械に似ている。パソコンみたいに動く。だから安心する。

「オレか、オレはそうだな、十年前の未来だ」

「十年前の未来？　何それ」

山岸は独り言のように言った。

「未来は過去の相似形や。オレのも、お前のも。十年前も俺たちは近い場所にいた。ただお前はスケベおやじに囲われていて全然世界を見てへんかったけどな。だけど俺はずっとお前を見てたよ」

それから、ふと律子の言葉を思い出した。彼女は確かにこう言った。

あなたたちは似てる、ベクトルは違うけど……と。

十年前。分析を受けたいと国貞に頼んだのは私からだった。

当時、国貞は著書がマスコミに取り上げられていて、大学では名物助教授として知らない者はいなかった。講義は冗談交じりで面白く、人生の追い風を受けている人間独特の自信に溢《あふ》れていて、魅力的だった。

国貞が私に興味をもっていたのは、時折見せる彼の態度でなんとなくわかった。講義中に質問をする時も、彼は私を特別な存在として扱い「朝倉君ならどう思うかな」と名指しで聞いた。

なぜ私のことを気にかけるのかわからなかったけど、年上の、しかも尊敬する男性から一目置かれていると感じるのは嬉しかった。私は迷わず、国貞のゼミに入ったし、心理療法に並々ならぬ関心を抱いていた。

私はいつも、好きな男の趣味にシンクロする。男が興味をもつことに自分も興味をもとうとする。そして上達して褒められたいと思う。小さな子供が親に褒められるために勉強するみたいに。

もっともっと国貞の気を引きたいと思った。もっと強く深く国貞と関わって、自分だけを見てほしいと望んだ。だから、個人的に教育分析を受けたいと願い入れた。そうすれば、二人でいる時間を否応《いやおう》なくもつことになる。私たちの関係は密室に閉ざされ、親密になる。

当時の国貞は多くの取り巻き学生に囲まれていた。雑誌の対談などにもよく登場する人気助教授は、学生たちのコンパにも引っ張りだこで、シンパのような女子学生も何人かいたが、教え子に手を出したという話はまったく聞かなかった。小心者なので、自分の出世の妨げになるスキャンダルを怖《おそ》れたのだろう。

だけど、彼が女好きなことはすぐわかった。国貞はコンパの席で私の隣に座ると、すぐに私の男関係について質問してきたし、私の恋愛観をしつこく問いただしていた。そして、時として酔って挑発的な言葉を浴びせた。

「朝倉、お前は、ファザコンだ」

狭い居酒屋の掘炬燵《ほりごたつ》型のテーブルにぎゅうぎゅうに座って、私と国貞の腿《もも》は密着していた。

「え～？　どうしてわかるんですか？　先生」

私は甘えたように口をとがらせた。周りの学生もみな一様に興奮して酔っていた。

「男を信用してないだろう？　そのくせ、男が言い寄ってくると嫌われるのが怖くて、無理してつきあったりしちまうだろう？」

そんなことないですよ、と答えたけど実は図星だった。男とつきあうのが下手なのだ。距離のとり方がよくわからない。誘われると断れなくてすぐ寝てしまう。寝た後で後悔する。

だが、セックスしている瞬間だけが安心できた。身体《からだ》の接触がなくなるとその途端に不安になる。自分を守ってくれる強い存在に猛烈に憧《あこが》れていた。包容力のない若い男には不満だった。セックスの間以外は、男は自分勝手で私を愛していないように感じた。いつも飢えていた。誰とつきあってもこいつは違うと思った。こんなんじゃないと思った。しまいにはめんどくさくなって、寂しくなった時にセックスできればそれでいいと思っていた。つきあった男たちから「お前はいったいなに考えてんだよ」と言われた。そんなこと自分でもよくわからなかった。

私は自分のことが知りたかった。この年上の助教授には自分がどう見えるのか知りたかった。国貞の言葉で朝倉ユキという存在を定義してほしかった。そうすれば安心できる。そのために、この男に気に入られて愛されたいと思った。定義し、教育されたかった。強く権威的な存在から。

「私の父親って、船乗りだったんですよ。だから子供の頃、ずっと家にいなかったんです」

ふうん、と国貞はあまり興味のないような返事をした。

「だから私って、ファザコンなんですか？　父親のことよく知らないから、男とうまくいかないんですかね」

こういう時の国貞は、カウンセラーというより辻占《つじうらな》い師みたいだ。

「さあてね、なんにせよ、お前さんの家族関係はけっこう複雑だろう。それはわかる」

エキセントリックな兄と、マッチョな父との関係は当時から険悪だった。

「どうしてわかるんですか？　そんなこと」

そりゃあわかりますよ、と国貞は言う。酔って耳たぶが真っ赤になっていた。もともと酒に弱いのだ。飲んでしゃべると口元から泡を吹き、口のまわりがいつもぬらぬら濡《ぬ》れていた。

「興味のある学生のことは観察してるから」

「え?」

きゅんと胸がせつなくなったのを覚えてる。

「先生、私に興味があるんですか?」

「そりゃあります」

「どうして?」

国貞はちょっと考えてから言った。

「君は、いいものをもってる。センスがある」

私の肉体に対する国貞の執着は偏執的だった。

身体のすみずみまで舌を這《は》わせ、ひだを押し広げ、裏返しにするほどいじりつくした。なんだか自分が改造されているような気がしたほどだ。だけど別にいやじゃなかった。自分が変態なんじゃないだろうかって思ったこともあった。こんなにいやらしくもてあそばれても、それが嬉《うれ》しかったんだから。私は愛されてるんだと思っていた、この男に。こんなふうに自分の肉体に執着してくれる男がいることに満足だった。

国貞は私のカウンセラーとしてのセンス(そんなものがあったのかどうか、私自身はよくわからないけど）をいつも賛美してくれた。そして、私の身体も褒め称《たた》えてくれた。心も身体も男によって満たされて、私はすごく幸せだったと思う。

肉体関係ができてから、私と国貞の教育分析はなしくずし的に破綻した。国貞は私と向きあっているとすぐ欲情してしまうのだ。大学の国貞の部屋ですら、私たちは何度も何度もセックスした。セックスしたという言い方はちょっと違うかもしれない。回数を重ねるうちに、国貞はだんだんペニスを挿入しなくなっていった。私の陰部を触ったり、乳首を吸ったりしながら、自分でオナニーするのだ。

「どうしてそんなことするの？　先生」

と私が質問すると、彼はこう答えた。

「だって俺、犯せないよ、お前がかわいそうで」

何がかわいそうなんだろう。まったく自分勝手な男だと思った。今思うと、国貞はサドマゾだったんだ。彼にとって挿入しないのは放置プレイ。あれはあれで快感だったんだろう。

「こんな淫乱《いんらん》な女にしちまってさ、俺は本当にひどい男だよ」

そんなつまんないことを呟《つぶや》きながら、濡れてるなあ、いやらしいなあ、と私の中に指を入れてペニスをしごきながら射精していた。精液を乳房になすりつけるのが好きだった。それでもこの男に認められ、飼育され、調教されていることに私は不思議な満足を感じていた。

ところが……。肉体関係ができてしばらくすると、男は私を精神的にも支配したいという欲望をもったようだった。

突然、まったく唐突に、国貞はかつて自分が愛して、そして交通事故で死んでしまったという恋人の話を始めたのだ。その女性が実在の人物なのか、架空の人物なのか、私には未《いま》だにわからない。

ある晩、国貞は私を乗せて東名高速を走り、厚木インターを小田原に向かった。いっしょに行ってほしい場所があると言うのだ。

「お前に黙ってたことがある」

芝居がかった声だった。ラブホテルを出た後で、私はひどく疲れて眠かった。

「何ですか?」

「ある場所に、俺の過去が封印されている」

男のファンタジーが動きだすと、セリフがやたらと芝居がかってくる。そうして連れていかれたのが、小田原城近くの狭い交差点だった。もう夜も遅くて、人通りもない。その日は冬で、霧が出ていた。信号灯の赤や青が霧に霞《かす》んできれいだった。

この場所で、俺の恋人がかつて死んだのだ、と彼は話すのだ。そういえば小田原は国貞の実家がある場所だと聞いたことがあった。

彼女が生きていたら俺の人生は変わったろう、彼女を殺したのは俺かもしれない、この場所にくると震えが止まらなくなる。まだ俺の思いはこの場所に残り、封印されている……と、そう泣きながら話すのだ。国貞は私以外にも自分の心を占めている女がいることを、アピールしようとしたようだった。

この瞬間に、パーンと神様のハンマーが降りて、私の国貞への執着は消え失《う》せた。自分がこの男を男としてまるで愛してなんかいなかったことに気がついた。もしかしたら私はこの男に長いこと理想の父親を投影してきただけなのかもしれない。父親が不在で、正しい父親像の構築に失敗した私は、こんな浅薄な男に理想を見てしまったのかもしれない。

正しい父親は、自分の恋人をネタに娘の心を支配しようとなどしない。二人の関係を、国貞が勝手に解体させたのだ。くだらない支配欲のために。

私は黙って、停まっている車から降りた。

「ユキ」

国貞は驚いたように私を見た。まさに青天の霹靂《へきれき》という顔だった。私はためらいもなく暗い夜道を歩きだした。

「待て、ユキ、どうした」

慌《あわ》てて車をUターンさせようとしている。私は走った。二度とこの男の側に近づきたくなかったからだ。魔法は解けた。王子様は醜い蛙《かえる》に戻ってしまった。

男はクラクションを鳴らして追いかけてくる。

「何を怒ってるんだよ、ユキ」

さすがに国貞に焦《あせ》りの色が見える。何かとんでもないミスをしでかしたことがやっとわかったみたいだった。私は立ち止まって、そして言った。

「近寄らないで、気持ち悪い」

あっけにとられてポカンと口を開けた国貞の顔を見て、私はなんでこんな気色《きしよく》悪い男に抱かれていたんだろうと反吐《へど》が出そうになった。

本当に、あっけなく、すべて終わった。終わったように思っていた。

だけど、終わったのだろうか。私は、あれ以来、ちっとも男を愛せない。誰と寝ても、どんなにセックスに感じても、行為の後一人になった時に、少し落ち込むのだ。

そうだ。確かに未来と過去は相似形なのだ。

この瞬間、たった今を変えなければ、同じような形の未来があるだけだ。

18

部屋に戻ってきたのは午前十時頃だった。

渋谷のホテルを出てから Bunkamura のカフェテリアでお茶を飲んで別れた。もう、そのあたりから悪寒《おかん》がした。ホテルのエアコンが効きすぎていたのかもしれない。顔は熱っぽいのに背中がぞくぞくする。毛穴から冷たい汗が滲《にじ》んでくる。山岸が心配してタクシーを拾ってくれた。「大丈夫か？」と何度もタクシーの窓から私のほうを覗《のぞ》き込んで、運転手に怪訝《けげん》な顔をされていた。

タクシーの座席にもたれたら、左肩甲骨《けんこうこつ》から腰にかけて激痛が走った。風邪による筋肉痛みたいだった。ひどく身体が怠《だる》い。マンションの階段がやけに遠く感じる。眩暈《めまい》がして足下がフラついた。寝不足のせいではない。身体に異変が起きているのだと思った。

冷凍庫からズブロッカを取り出して瓶のままストレートで一口飲んだ。震えが止まらない。汗をかいてひどく寒い。着替えて、ベッドに潜り込んだ。身体の節々が痛い。怠い。顔と頭だけが熱を帯びて熱い。ベッドサイドのテーブルの引き出しから体温計を取り出して熱を計ると、三十九度六分あった。

朦朧《もうろう》としながら、これはただの風邪じゃないかもしれない、と思う。ウイルス性の病気、インフルエンザだ。私の身体は今ウイルスに攻撃されている。発熱して闘ってるんだ。インフルエンザなら、ほっとくと死ぬかもしれない。ウイルスが脳に入れば脳炎になる。気管支に入れば気管支炎だ。高熱に身体が耐えられるのは三日として……、早く病院に行って解熱剤を飲まないことにはヤバいな。

自分の免疫力《めんえきりょく》がとても低下しているように思えた。ずっと「死」について考え続けていたのだ。身体の中の生きるためのエネルギーが消耗していてもおかしくない。白血球も減っちゃってるんだ……。やけに冷静にそんなことを考えた。起きて病院に行かなくちゃ。このままじゃいけない、このままじゃいけない、頭の中で誰かが繰り返すけれど身体は動かない。

熱に浮かされ夢うつつの空想の中で何度も病院に電話したり、タクシーを拾おうとしている。起き出して着替えてタクシーを呼ぶ。思い描いているうちに現実と空想がまぜこぜになっていく。タクシーを呼んだから、もう大丈夫だ……。電話したつもりになって何の行動も起こさずに眠ってしまった。暗い沼の奥に引き込まれたような深い眠りだった。

ピンポン、と玄関のチャイムが鳴る。誰かきたらしい。

私はふらふらと起き上がって、玄関まで歩く。玄関に続く細い廊下がぐらんぐらんと吊《つ》り橋みたいに左右に揺れて歪《ゆが》んでいる。「どなた?」と声をかけても返事がない。覗き穴から覗いても誰もいない。おそるおそるドアを開けてみると、戸口の脇《わき》にバッグが置いてある。合成皮革でできた、表面がつるつるの鞄《かばん》で、マジソンバッグのような形をしている。私は不思議に思って、その鞄をもち上げた。ずっしりと重かった。ただ重いのではなく、重さにしずる感がある。液体を含んだような重さだ。

鞄をもって部屋に戻る。居間の床の上に置くと、鞄から何かが染《し》み出している。赤黒い血液だった。急に怖くなって手を見る。汚れていない。

もう一度鞄を見ると、鞄の表面にエンボス加工したように何かの形が浮き上がっている。中身の輪郭が浮き出ているのだ。近寄ってさらに観察すると、それは人面だった。どうやらこの鞄の中には人間の生首が入っているらしい。だから血が染み出しているのだ。たぶん、切断したばかりの生首を誰かが鞄に隠して部屋の前に置いていったのだ。

合成皮革に浮き出した人間の顔は次第にはっきりと、その輪郭を現す。中年の男の顔で、父親の顔のようにも、国貞の顔のようにも見える。泣いているようにも、笑っているようにも見える。

入っているのは人間の頭なのに、なぜ生首と言うんだろう。そんなことを私は考える。これは首じゃなくて頭だ。正しくは生頭だ。中身を調べなくては。なぜか強くそう思った。いったい誰の頭が入っているのかを調べなくてはならない。なんとしても。

鞄のファスナーに手をかけて、一気に開ける。ばっくり開いた唇のようだ。血で固まった濡れた髪のようなものが見える。腐った血の臭《にお》いがあたり一面に漂う。私は鞄を逆さまにして、ぶんぶんっと中身を振り落とそうとする。すると、ごろん、と鈍い感触とともに、鞄の中から生臭い塊が転げ落ちてきた。


べりべりっと激しく夢が破れて、私は目を覚ました。

背中を摑《つか》まれて無理やり別の世界から引き戻されたような感じ。携帯電話の「アイネクライネナハトムジーク」が鳴っている。手を伸ばそうとした瞬間に右肩甲骨に筋肉痛が走った。油が切れたみたいに身体《からだ》がギシギシしている。ひどい頭痛と耳鳴りだ。

「もしもし」

と電話に出るが、相手は答えない。

「朝倉ですが……」

咳《せ》き込みながらそう言ったら、やっと返事が返ってきた。

「どうしたの？　その声」

本田律子だった。


律子の電話で目が覚めたのは、眠り込んでから十二時間も経《た》ってからだった。彼女は私を見るとすぐさま病院に電話し、救急扱いで運び込んでくれた。やはりインフルエンザウイルスに感染していたらしい。

どこで感染したんだろう。山岸のいる大学病院、それとも渋谷のラブホテルか。どっちにも、うようよ危ないウイルスが潜んでいそうだ。ウイルスはきっと「死」に魅入られた人間のことが本能的にわかるんだ。

点滴を受けて一晩だけ入院した。高熱にうなされていたので入院の経緯はあまりよく記憶していない。時折、音や刺激で意識が戻るけれど、起きようという意志がなかった。ずぶずぶと何も考えずに眠り続けた。

もしかしたら「死」ってこういうもんだろうか、と思うほど何もない深い眠りだった。蛹《さなぎ》は繭《まゆ》の中でこんなふうに眠っているのだと思った。生まれる前、胎児は子宮の中でこんなふうに眠っているのだと思った。眠りは、なんという懐《なつ》かしい癒《いや》しだろう、そう思った。眠りこそ最大の癒しだったんだ、だから人間は人生の三分の一を寝て過ごすのだ。この激しい外部からの刺激、違和を取り込みながら生きるために。

目が覚めた時、病院の白い天井と点滴のチューブが見えて、なぜ自分がここにいるのか一瞬わからなくて混乱してしまった。奇妙なほど清々《すがすが》しい気分だった。相当量の汗をかいたのだろう。サウナに入ってこざっぱりとして横になり、うたた寝から目覚めたような感じ。申し訳ないほど爽快《そうかい》だった。

午前中に律子がやってきて手際《てぎわ》よく退院の手続きをしてくれた。車に乗せられ、そのまま部屋に連れ戻されて、再びベッドに押し込まれた。

布団《ふとん》に入って目を閉じると、またいくらでも眠れた。眠りこそ私そのものみたいだった。そうか私は眠りだったんだ。眠る生き物だったんだ。

眠り続けている間、まるで子供のように律子の看病を受けた。律子に起こされるたびに、黄泉《よみ》の国から呼び戻されたみたいに目覚めて、ヨーグルトやおかゆを食べ、水を飲んで横になると再び寝てしまう。律子の話では四十八時間ほど、食べて排泄《はいせつ》する以外は寝っぱなしだったそうだ。

夢すら見なかった。

自分という存在を忘れるような眠りだった。

「もう起きないいんじゃないかと心配になったよ」

三日目に目を覚ますと律子が真顔でそう言った。

眠りから覚めると身体が新しく生まれ変わったように感じた。すっきりしている。

「寝ている間に、頭を初期化したみたい。余分なものが整理されて、ハードディスクに空きができたような気分だ」

それを聞いて律子は大笑いした。

「あなたって言うこともやることも、人間離れしてるわね」

少し起きられるようになると、私は無理にでも仕事を再開した。ニュースを見たり、新聞を読んで株の動きをチェックしたり、原稿を書いたり、そんな日常を回復するように努めた。

国貞とのカウンセリングは風邪を理由に休んだ。実際、とても出歩ける体調ではなかった。

薬を飲んで寝ている時に、木村から電話があったらしい。律子が出てくれた。

「明日手術なんだけど、大したことないから安心してくれ、って言ってたよ」

目が覚めてからそう伝えられた。なんだか木村のことも夢の中の出来事のようで、伝言を聞いても何の感情も起こらない。

「どこの病院とか言ってた?」

「ううん。何も」

向こうも知らせる気がないのだ。だったら私が心配してもしょうがない。

「木村さんって、もしかして恋人とか?」

曖昧《あいまい》に笑って答える。どうなんだろう、木村は恋人なんだろうか。わからない。

「手術って、どこか悪いの?」

そうだ、木村からは死臭がするのだ。あの臭いの元を取り除かなければいけない。血糊《ちのり》のついたPタイルを切り取ったみたいに。

「大腸癌《がん》なんだって」

そっけなく私が言うと、ふうん、と答えて律子は黙った。

考えようとしなかった、木村のことは。考えたくなかったのかもしれない。心配もしなかったし、どうしてるだろうとも思わなかった。何の関心ももてなかった。まるで、すでに存在しない人みたいに、何も木村から感じなかった。体調が良くなって、起き上がれるようになっても、自分から電話してみようとか、病院に見舞ってみようとか、そんな気持ちも起きなかった。ましてや、会いたいとも思わなかった。

ときどき思い出す。忘れていたわけじゃない。ただ、何の感情も湧《わ》き上がってこないのだ。まるで遠い過去の旅先の風景のように、ふと思い出して、そしてすぐ消えてしまう記憶の断片。今はそんなふうにしか、木村のことを感じることができなかった。いや違う、木村だけじゃない。私は誰かに強く心を動かされることがない。人間から刺激を受けることがない。人間に対してコンセントを抜いている。生っぽい人間の感情が怖かったから。

律子は私が起きられるようになるまで、ずっと毎日、部屋に通ってめんどうを見てくれた。こんなふうに誰かからケアされるのって、何年ぶりだろうって思った。もし、律子がきてくれなかったら、私はこの部屋で死んでいたかもしれない。高熱でうなされて、夢とうつつの間を行ったりきたりしながら、何も飲まず食わずで、人知れず……、兄みたいに。

律子が作ってくれる沖縄仕込みの料理はとてもおいしかった。豚肉や野菜がたっぷり使われていて、ダシが効いていて、食べると即、血や肉になっていくような気がした。彼女は働き者で、部屋の掃除は行き届き、キッチンのシンクや黴《かび》っぽかった冷蔵庫、換気扇の油汚れも、ガスレンジの焦《こ》げつきも、見事なまでにピカピカに磨き上げられて、部屋が生き返ったように明るくなった。

「なんだか、悪いね」

小気味よく立ち働く律子の姿を目で追いながら、私は申し訳なく呟《つぶや》いた。

「いいの、いいの。掃除って修行なのよ」

気がついたのだけれど、律子は「修行」というのが口癖なのだ。律子にかかると植物の世話も、掃除も、介護もみんな「修行」になってしまう。

「主婦の仕事ってね、あれは修行なのよ」

と律子は力説するのだ。掃除、洗濯、育児、介護、植物の世話、そういう行為はすべて大切な修行で、その修行を通して人は「御霊送《みたまおく》り」をすることができるようになるのだそうだ。

「御霊送りって、何よ?」

だんだん律子の話を聞くのが楽しみになっていく。

「うーん、今風にいえば、看取《みと》りってことかな。死ぬ人を看取って、その魂をあっちの世界に送ってあげること。つまりね、主婦って、私ってなんでこんなに毎日毎日家事に明け暮れなくちゃならないのかしらもうたくさん、って言う人がすごく多いじゃない？　でも、家事って文化人類学的に見ると修行行為なの。でね、あの修行を通して、魂を慈《いつく》しむ心を得て、そして老人を看取る役目を担《にな》うようになるわけよ」

それから律子はこんなことも言った。

「シャーマンたちはね、神に出会う人間は必ず禊《みそぎ》を経験すると言うの」

「禊？」

「そう。神という存在に出会う前に、怪我《けが》をするとか、熱を出すとか、そういう何らかのよくない兆《きざ》しを受けるの。それはね、神に会うんだからちゃんと心構えしなさいよ、みたいな忠告っていうのかな、そういうものなの。朝倉さんも、もしかしたらこうして風邪で寝込んだのは、その禊だったのかもしれないわよ。沖縄の神様が、会いにくるならちゃんと覚悟して心構えせえよ、って伝えているのかもね」

面白いことを言うなあ、と思った。私は本田律子のことがとても好きになっていた。こんなふうに他人を親密に思うなんてずいぶんと久しぶりで懐かしい感情だった。

「本田さんは、ユタに会いに沖縄に行く前に禊を受けたの？」

アイスノンのタオルを取り換えながら、律子は「まあね」と呟く。

「私はとても大切にしていたものをなくしたの」

「へえ？　何をなくしたの？」

あっかんべえして彼女は言った。

「それは秘密です」

19

兄の死を確認してから二カ月が過ぎようとしていた。

本当ならもう秋の風が吹き始める頃なのに、今年の残暑はとりわけ厳しかった。気温三十度を超える日が続く。地球は確実に暖かくなっている。何かが狂っている。呼吸する空気に毒素が混じっていて、みんながヒステリックになっている。夏は永遠に続くみたいだ。路上では誰かが発狂して無差別に人を殺している。母親は子供を虐待《ぎやくたい》し、鬱《うつ》になっている。男たちは自殺する。大地震が相次いで起こり、茨城県の東海村では放射性物質により臨界事故が発生。九月はひどく病んでいた。

こんな渾沌《こんとん》とした世界を生きるのは疲れる。とりわけ強い感受性をもっていたらなおのこと。だから兄は夢とうつつの間を行ききしながら、とうとうあっち側に行ってしまったんだろう。猛暑の都心で暮らしながら、私はそう思った。

仕事を再開した私は、毎朝BSのニュースを見る。世界の株の動きを知るためだ。

ＣＦＰを取得するための試験勉強もやり直さなければ。株価の動きや、市場分析に没頭していると気持ちがほぐれた。

台湾に地震が起こると日本のパソコンメーカーが打撃を受ける。相場を眺めていると世界は一つなんだなあと思う。金融という視点で見れば、すでに地球は一つなんだと思う。風が吹けば桶屋《おけや》が儲《もう》かる式に、南アフリカの小さな国で起きた内乱も、めぐりめぐって地球のどこかに影響を及ぼしていたりする。

アメリカのヘッジファンドが金を売買し、金の価格が高騰《こうとう》を続けていた。金は今年半ばから下がり始めて、ずっと最安値を更新してきたのに、ここにきてぐんぐん値が上がっていたのだ。東海村の事故の報道で、事故を起こした会社が住友金属鉱山の一〇〇パーセント出資会社だと知った。

金が高騰し、住友金属鉱山の株も上がり続けていた最中の事故だった。ああ、これでこの会社の株もガクッと落ちるのだろうなあと、株式ニュースに着目していた。事故によって日本の銘柄も打撃を受けて下がり、円売りに転じるだろうと思った。

何かの影響を受けて株が上がったり下がったりするのを生で感じるのは面白い。実際に金を使って売買をしていないから無責任に喜んでいられるのだが。

事故報道直後、やはり住友鉱の株は落ち込んだ。ところが、なんと翌日には何者かに買い支えられて株は安定していた。驚いた。日本の他の銘柄も、ほとんど動揺しなかった。景気安定のために、ヴァーチャルな世界で何かの大きな力が働いているのだと思った。

ずっとヒステリカルな動きを示していた相場が、だんだんと、ある全体性をもち始めているような気がした。こんなことは十年間で初めてだと思った。お金の世界が変わりつつある。それは人間が変わりつつあるということと同義なんだろうか。

人間の心のヒダに分け入って、過去のトラウマを分析している人はもちろんこんなことを知らない。老人介護に明け暮れて疲れてうたた寝してしまう主婦もこんなことは知らない、渋谷の街で黒い顔をした少女たちも知らない。

世界はパラレルに存在している。どこかで、誰かが世界を支えている。何らかの役割を担って。いや、違うのかもしれない。誰もがどこかの世界に属し、何らかの力を発揮して、それぞれに世界を支えているのかもしれない。ある者はお金で世界を支え、またある者は魂を送ることで神話的世界を支えているのだ。

私はいったい、どういう世界でどんな役割を果たすために存在しているのだろう。

看病をしてもらっているうちに、少しずつ律子に兄のことを打ち明けた。

どのように死んだのか。葬儀屋の話、清掃会社の美しい青年のこと。それからなぜ国貞にカウンセリングを受けているか。これまで起こった諸々《もろもろ》のこと、木村が入院したこと、コンセントのこと、すべて……。

「不思議だよね。死んだ人間に関わる人々はなぜか優しい。それに比べて、生きている人間に関わる人は、歪《ゆが》んでるよね。カウンセラーなんて仕事も生きている人間に関わる仕事じゃない？　みんな屈折していると思わない？」

私は黙って頷《うなず》いた。

「たとえばね、こんなふうに考えてみたらどうかしら。私たちはホストコンピュータによって繋《つな》がれた端末なのよ。端末でね、それぞれにハードディスクをもっているわけ。でも、全体ではある一つのホストに繋がっている。そのホストにアクセスすることが、コンセントなのよ。つまりさ、コンセントっていうのは名詞じゃないの。動詞なのよ」

コンセントとは全体性へのアクセスである、そう律子は言うのだ。

「その、ホストコンピュータって、いったい何なんだろう？　ホストの正体は？」

この世界の全存在を統合するホストコンピュータのイメージが私にはわからない。

「案外、単純なものだと思う。たぶんね、記憶だよ」

「記憶？」

律子はこんなふうに説明してくれた。すべての人間のすべての記憶が蓄積されているのがホストだと。この地球上に生命が現れた瞬間から今日に至るまで、その全記憶が蓄積されたホストがこの世界にはあるのじゃないか、と。

「なんだかSFみたい」

「まあね。精神世界の人たちはこれをアカシック・レコードと呼ぶわ。でもこういう荒唐無稽《こうとうむけい》なことって考えるの楽しいじゃない？　たとえば、最近、臓器移植が頻繁に行われるようになったじゃない？　アメリカでこんな事例があるの。ある心臓移植手術を受けた患者がね、移植後にドナーの記憶を共有するようになってしまった。それが複数例、報告されてるのよ。でも、もしこの世のどこかに全人類の全記憶を蓄積しているホストがあって、そこにアクセスできるなら、ドナーの記憶に無意識にアクセスしてそれを引き出してしまった……と、そういう解釈ができるじゃない？」

私は半ば呆《あき》れながら、でも面白半分に律子の話を聞いていた。

「じゃあ、私が兄の幻覚を見るのはなぜ？　それもその、ホストの記憶と関係があるの？」

時計を見ながら、彼女は早口で言った。

「出かける時間だから、手短に言うと、あなたがお兄さんの幻覚を見るのは、あなたの才能だと思うわ」

才能、確か山岸もそんな言葉を使っていたっけ。

「幻覚という心理学的な観点を一度捨ててみたらどうかしら。あなたに見えるものは、あなたにだけ意味がある。それを幻覚だと言ってしまったら、それは心理学者の脳に自分を当てはめるだけじゃないの？　あなたは病気じゃないよ、それどころか正常すぎるのが問題なくらいだ」

思わず吹き出してしまった。

「その通りだね。同感、異議なし」

にっこり笑って、律子は出て行った。ベッドの上からバイバイと手を振った。バタンと扉が閉まる。急に部屋がしんとする。

部屋に一人になると頻繁にアレが襲ってくるようになった。

ああ、始まった。みぞおちのあたりが重くなる。空気が振動する。携帯電話を長時間耳に当ててた時のような頭痛が始まる。目尻《めじり》がブルブルと痙攣《けいれん》してくる。私はこめかみを押さえ、目を閉じてゆっくり深呼吸して、それから目を開けた。

電話機のあるキャビネットの下に、兄が座っていた。

「お願い、消えて」

再び目を閉じて、仕事のことを考え、目を開けた。兄は消えていた。

外出ができるようになると、再び悩みが増えた。

身体《からだ》が回復したら取り組まなければならないことをたくさん思い出してしまった。木村の手術のことも、なんとなく気にはなっていた。それから国貞とのカウンセリングのこと、沖縄のユタに会いに行くこと、そして山岸のこと。なにもかも宙ぶらりんだった。どう対応していいのかわからないことだらけだ。

そんな矢先、突然、山岸が部屋を訪ねてきた。

電話もなしにいきなりの訪問だった。インターホンから山岸の声が聞こえたら耳が熱くなった。変な感じだ。まるで好きな男が突然訪ねてきたみたいな、そんなどきんだった。ドアを開けると強引に花束が差し込まれてきた。

「どうしたの？」

小向日葵《こひまわり》の鮮やかなブーケだった。

「見舞いや」

ありがとう、と言って受け取ると、いきなり抱きしめられた。

「本田から聞いたよ、あれから大変だったんだってな、ほんま悪かった。風邪なんか引かせちまって申し訳ない」

「別にあなたのせいで風邪ひいたんじゃないわよ。子供じゃあるまいし」

「そやけどお前、あん時、真っ青な顔して冷や汗流しとったから。そんで気になって本田に電話してもらったんや」

あの電話は、山岸が律子に頼んだものだったのか。でも、律子は一言もそんなことを言ってなかったのに。

部屋に通すと、山岸は電話のキャビネットの下を見つめながら迂回《うかい》するようにそこを歩くのを避けた。変な男だと思った。

「ねえ、なんでそこ通らないの？」

そう言うと怪訝《けげん》な顔をする。

「別に、特に意味はあらへん。それより元気そうでよかった」

「律子の看病のおかげでね。私、ああいう奥さん欲しいなあ」

あほか、と言って山岸は部屋を見渡した。置いてある小物や写真立て、本棚や仕事机の上のものを手にとっては眺めている。初めてきた女性の部屋だというのに無遠慮な男だ。

「けっこう少女趣味なもんもってんやな、朝倉も」

「大きなお世話です。それより、何か用事があってきたんでしょう？　何なの、はっきり言えばいいのに」

山岸は、そうだな、と呟《つぶや》いた。

「実は本田から聞いたんやけど、お前、死臭を嗅《か》ぎ分けたり、兄貴の幻覚を見たりしてるんやてな」

はっきり言われて狼狽《ろうばい》したけど、正直に「うん」と答えた。

「分裂病の専門家に隠してもしょうがないもんね」

「臭《にお》いで知りあいの病気がわかったってのは、ほんまか？」

答えに詰まった。自分でもどう判断していいのかわからない。

「あれは、偶然だったと思うよ、たぶん」

「他には何か感じるか？」

私は大きく首を振った。

「そうか……」

「私、狂ってると思う？」

「アホか」

でも、兄が死んでからずっと、どこまでが現実なのかわからなくなっている。山岸は兄の時計をいじりながら、頭の中のハードディスクに検索をかけている。ヒューンとモーターの回転音が聞こえてきそうだ。

「なあ朝倉、精神科医とカウンセラーの違いって何だと思う?」

え? 予想外の質問だったので面喰らった。

「いや、こういう言い方はわかりづらいな。医学部を出た臨床家と文学部出の臨床家の違いは何だと思う?」

アイスコーヒーのミルクがマーブル模様に輪を描く。何だろう、違いって。

「文学部出のカウンセラーは薬を出せない。科学的な治療に携われないよね」

それもある、と山岸は言った。だが決定的な違いじゃない。

「俺はな、心理学科から医学部に移ったろ。それでわかったことがあるんだ。医学生ってのは治療者になるために禊《みそぎ》を受けるんだよ」

「禊?」

「ああ、一番の禊は解剖実験だな。人間の死体を腑分《ふわ》けするわけや。けっこうしんどいが、あれをやらんと医者になれん。あれは一つの通過儀礼だと思った。人間の死がどんなものか自分の手で触るわけだ。みんなわりと平気な顔をして無駄口を叩《たた》きながら解剖するけど、死体が若い女だったりするとなんともいえないやりきれない気持ちになる。生きてるって、どういうことだろうって思った。この五十キロもあるような重い肉体が二本足で立って動き回ってる。奇跡みたいだと思った。人間を生かしてる力は何なんだろう……と。死んだらみんな内臓の詰まったズダ袋だ」

本田律子もそんなことを言っていた。なぜこうもみんな生命を動かす力に魅せられているんだろう。

「カウンセラーが扱うのはちょっと調子が悪い健常者だ。そうだろ？　普通の人間のちょっと精神の具合が悪くなった奴《やつ》を手助けするのがカウンセラーだ。だから俺はカウンセラーが嫌いだった。なんか違うと思ってた。俺のやりたい仕事はそんなことじゃないと思った。それで医学部に入り直したんや」

山岸は何を言いたいんだろう。でも、彼の気持ちはすごくわかる。私も似たようなことを感じていたから。

「通過儀礼を通ることで、俺は自分がある種のシャーマニックな仕事に携わっていくのだという認識をもつに至った。ああそうか、俺がやりたかったんは患者と感応しあうような仕事だったんだとわかった。カウンセリングルームと違って、病院に担《かつ》ぎ込まれてくる患者ってのは、みんな神懸かってやってくる。訳のわかんないことを口走って、痙攣して、錯乱して、ブッ壊れた状態になってやってくる。だけどなあ、どんなに荒唐無稽でも、妄想には意味があるんだよ。そいつにしかわからない仕組みと意味がなあ。他人の幻覚妄想の意味を知るためには、その闇《やみ》に降りていかなくちゃならない。危険だぜ、他人の無意識だ。魑魅魍魎《ちみもうりょう》の世界だ。こっちだって精神的ダメージを受ける。怪しい探検隊だよ。うっかりするとこっちが発病しちまう。こりゃあもう医者じゃねえ、シャーマンの仕事だと思ったよ」

なるほど、だから本田律子とも気が合うんだろう。

「シャーマンって呼ばれてる人々にも何人か会いに行ったんや。治療行為をやる奴もけっこういる。まいったね。あいつらは瞬間的に劇的に患者に癒《いや》しをもたらしてしまう。こっちが十年かけてやることを十分でやっちまう。なんで治るんだかさっぱりわからんが、とにかく安定する。医者はかたなしや。だが彼らの仕事はムラがあるし、相手を選ぶ。波長が合わない相手の治療はできないらしい。こっちは患者を選んでられないからな。時間がかかっても大目に見てもらうしかない。臨床の現場にいると、こんな時間のかかる無駄なことをやっていていいのかと思うよ。分裂病も鬱病《うつびょう》も多重人格も治療に十年がかりだ。それでも治るという確証はない。治ったらそれで患者が幸せかという確証もない。だけど、俺はやっていく。他に方法を知らないからな。それに俺は分裂病の人間が好きなんだ。人格が解離したり、分裂したりしている人間は優しい。すごくイノセントだ。心の組成が違うんや。OSが違うというべきかな」

私は黙って山岸の話に耳を傾け続けた。この男の話はちっとも先が読めない。

「何を言いたいんだって顔やな。悪い。実は俺も何を言いたいのかようわからん。ただ、これは精神科医としての俺の勘だ。お前は病気じゃない。お前に起こっていることはもっと別の何かだ。兄貴の死がきっかけになって、コンセントが入った。同時に別のOSが動きだした。だんだん電流が流れ始めてる。それをお前の意識が抑えつけてる。ほんとは朝倉もずっと長いことコンセントを抜いて生きてたんじゃないか？いや、ちゃうな。抜いてたというよりもうんと電圧を落として流してた。それができたのはお前に強い精神力があったからだ。だけど、流れ込むエネルギーをセーブするために人の十倍生きることに疲れたと思う。だからお前は人間が嫌いだったんや。人間と関わると電圧が上がるからな。たぶんお前の兄さんと、お前は同じタイプの人間だった。ただ、お前のほうが遥《はる》かに強かったんだと思う。生活できる程度に省エネして生きてきた。だが、封印してきたスイッチが入った。電圧が上がってる。これから朝倉に何が起こるのか、それは俺にはわからん。専門外だ。あんまり力にはなれんけど、でももしトランスに陥ったら俺のところにこいよな。絶対だぞ。他の医者には行くなよ」

なに言ってるんだろう、この人。これって予告なんだろうか。

「それは、つまり私はこれからもっと混乱した状態になるってことなの？」

彼は力なげに肩をすくめた。

「わからん。そんな気もする。これまでに何人かお前みたいな患者に会ったことがあった。最近はなんでもかんでもトラウマで説明できると思ってる奴が多いけど、それは一般人のＯＳで精神が動いてる場合だ。ウインドウズで動いてる精神はトラウマで解説できるが、マックで動いてる精神にトラウマは応用できなかったりする。そして最近、確実に新しいＯＳで動く奴が増えてるんだ。そいつらはすごく感度がいい。新しい処理能力をもっている。だが、このＯＳにはまだマニュアルがない。使えるアプリケーションもないんだ。だから故障していると思われたり、不良品扱いされる。発展途上だからだ。試作品なのかもしれない」

もういいよ、と私は山岸の言葉を遮った。

「あなたが何のことを言ってるのか、わからないよ」

まだ何か言いたげな山岸の口を自分の唇で塞《ふさ》いでいた。早くこうしたかった。このほうがてっとり早い。繋《つな》がれば男のことはわかってしまう。

舌をからめながら服を脱いで、山岸のシャツのボタンもはずした。抱きしめられるとずっとこの男に会いたいと思っていた自分に気がつく。男が私を案じている。それだけははっきりとわかった。それで十分だった。男の上に跨《また》がって、短くて激しい性交をした。ぐりぐりと腰を回しただけで男は慌《あわ》ててペニスを引き抜いて射精していた。床についた精液をティッシュで拭《ふ》いていたら、なぜか男は目頭から涙を流していた。

「どうして泣くの？」

髪を撫《な》でながら尋ねると、男は子供のように身体を丸めて言った。

「お前と寝ると、忘れてたことをたくさん思い出すんや」

私は山岸を抱きしめて優しくキスした。

夕方、律子から電話があったので、昼間に山岸がやってきたことを話した。山岸に私の秘密を話したことに関して、律子は「ごめん、私の口ってヘリウムより軽いから」と投げやりな謝り方をしていた。

「ねえ、私が風邪引いてた時、なんで山岸君に頼まれてウチに電話してくれたこと黙ってたの？」

律子はため息をついてからこう言った。

「別に黙ってたわけじゃないよ。言う必要も感じなかったから。それとも山岸に心配されてると思うと嬉《うれ》しいわけ？」

「なに言ってるの、そんなんじゃないわ」

律子にしては嫌味な言い方だなと思った。

「朝倉さん、すんごいお節介かもしれないけど教えておく。あのね、山岸は結婚してるからね。既婚者なの。それだけ覚えといて」

不思議な圧迫感を感じた。異物を飲み込んだような妙な気分だった。そうか、結婚していたのか。山岸が独身かどうかなんて考えもしなかった。そりゃあ、結婚してもちっともおかしくない年齢だ。「それがどうかしたの？」と聞くと、律子は「別に」と答える。ふうん、じゃあねバイバイ。

受話器を置いてから、そういえば何の用事の電話だったのか聞くのを忘れたことに気がついた。

またかかってくると思ったのに、その晩は律子からの電話はなかった。

国貞との面接の日がきてしまった。私は朝から落ち着かない。

国貞に会ったらなんと言おうかあれこれ考えているがまとまらない。

大学のカウンセリングルームに入って行くと、張り紙がしてある。「今日は私の部屋で面接します」と書いてある。

私は国貞の研究室の部屋へと暗い廊下を歩いて行く。あの部屋に入ると、どうしても国貞に抱かれたことを思い出してしまう。国貞はそれを知っていてわざと部屋を替えたのだろうか。

ノックして部屋に入ると、いつものように回転椅子《いす》を左右に揺らしながら国貞が座っていた。

「やあ、いらっしゃい」

と国貞は言い、目で入ってくるように指示する。それから、彼は自分の目の前で服を脱ぐように命令するのだ。だが、今日は国貞は椅子に座るように言った。それから、カウンセラーらしい強い口調で私に聞く。

「そろそろ決着をつけたいだろう」

決着とは何だろう。国貞との決着のことか。それとも兄との決着のことか。

「お前の封印を解いてやらねばならない」

国貞はそう言って薄笑いを浮かべた。私は怖くなる。この男は私に何をするつもりだろう。逃げようと腰を浮かすが、足が動かない。いつのまにか国貞が背後に回り、私の乳房を鷲掴《わしづか》みにして椅子に押さえ込んでいる。

「これが本当のカウンセリングだ」

と国貞は言う。ゆっくりと首筋に舌を這《は》わせてくる。その舌は奇妙なほど薄く冷たい。蛇の舌みたいだ。舌が乳首に触れると痺《しび》れるような快感が下半身に広がっていく。

「開けよ」

私はゆっくりと足を開く。

「もっと開いて」

さらに足を開く。自分がひどく無防備になったように感じる。

「そうだ。そうやって自分を開いていくんだ。そして本当の自分に戻るんだ。本当のお前だ。残虐《ざんぎゃく》で、淫乱《いんらん》なお前だよ」

何かつるつるした細い棒のようなものが、膣《ちつ》の中に押し込まれてくる。身体《からだ》の芯《しん》がひんやりと冷たい。きっと国貞の万年筆だ。キャップの部分でゆっくりと陰部をかき回している。チーズをこねるみたいに。

「さあ、言ってごらん」

耳元で国貞が囁《ささや》く。

「家族を殺したい」

ぴしっと曇った音がして、蜘蛛《くも》の巣状の亀裂《きれつ》が胸郭に走った。

「お前は家族が嫌いだ。本当は家族を殺したいと思っている。くだらない父親も嫌いだ、愚鈍な母親も嫌いだ、そして弱くて意気地なしの兄も嫌いだ。みんな死ねばいいと思っているんだ。そのことを認めろ」

そうなんだろうか。そうかもしれないと思う。

「言葉にして封印を解くんだ。そうすれば本当の自分に戻れる」

蛇の舌が閉じた瞼《まぶた》の上を舐《な》めている。唇も、耳の穴も。

「さあ、声に出して言ってごらん。みんな死んでしまえ、と。家族なんかいらない。みんな死んでしまえ、と」

言おうとするのだけれど、まるで言語中枢《ちゆうすう》にロックがかかっているみたいに言葉にならない。

「どうした、ちゃんと言うんだ。お前はずっと望んでいただろう、あんなやっかいな兄は早く死ねばいいと望んでいただろう？　自分の気持ちを吐き出すんだ。そうすればすべてが終わる。新しい自分になれる。簡単だ。言葉にするだけだ。さあ」

膣の中で細い万年筆がだんだん大きくなっていく。いつのまにか国貞のペニスに変わっている。抜いたり出したりを規則的に繰り返しながら、私に覆《おお》いかぶさった国貞は炎で揺れる影のように大きくなったり小さくなったりする。そして催眠術師のように繰り返す。

「お前は兄の死を望んでいたんだ。それを認めろ。そして叫べ」

その通りだと思う。早く叫んで、そのまま絶頂に達したいと思う。だが「死んでしまえ」と叫ぼうとすると、幾重もの鉛のような塊が咽《のど》をブロックして叫べない。

「言えないのなら俺の舌を貸してやろう」

国貞の舌がぬるりと口の中に入ってきた。むっと生臭い蛇の臭《にお》いがする。その臭いが兄の死臭と重なった。

次の瞬間、兄が見えた。寂しげにあの暗い無人踏切りに立っている。ごおごおとレールが振動で唸《うな》っている。列車がくるのだ。列車に轢《ひ》かれてしまう。兄は動かない。何か呟《つぶや》いているように唇が動く。でも軋轢《あつれき》の音で聞こえない。逃げろ。この踏切りには亡霊がいるのに。連れていかれてしまう、あっちの世界へ。死んでしまう。

私は手を伸ばして叫んだ。

「お兄ちゃん、死んじゃだめだ！」

自分の叫び声で目が覚めた。夢の中で、私は泣いていたらしい。

ベッドに起き上がって、荒い息を吐きながら、私は両手の拳《こぶし》を握りしめていた。兄が死ぬ、兄が死んでしまう、その恐怖が身体を去らない。汗と涙で顔も身体も濡《ぬ》れていた。

それから、少し落ち着いて、ようやく、すでに兄は死んでいるのだということに気がついた。バカみたいだ。すでに兄は死んでるんだよ。私が付き添って火葬した。もうこの世には存在しない。いないのだ。どこにも。

その瞬間、底なし井戸のような喪失感を感じた。

喪失とは虚無だ。喪失とは瞬間的な狂気だ。一人の喪失は一つの世界の消滅なのだ。それが見えた。私の中で一つの宇宙が終焉《しゅうえん》した。

私は兄が死んでから初めて、明け方までずっと泣いた。

私はちゃんと兄のことを好きだったらしい。疎《うと》ましいと思っているだけじゃなかった。なぜ今日まで悲しいとも思わなかったのか。なぜ今日、こんなに悲しいのだろう。

なんとなく木村に電話したくなった。

自宅も事務所も携帯の電話もみな留守録になっていた。それぞれにていねいにメッセージを吹き込んだ。生きていたらきっと聞くはずだ。死んでいたら、もう永遠に木村とは会えないのだ。木村が死んだかもしれないと想像しても、何の感情も湧《わ》き上がってこない。時間が経《た》つと泣けるのだろうか。兄の死と同じように、木村を失ったことに世界の終わりを見るんだろうか。わからない。私は自分の感情のことが自分でちっともわからない。

午後になって、木村から電話がきた。

木村の元気そうな声を聞いた時は予想外にほっとしていた。生きていたんだ、という妙な安心だった。

「生きてたの?」

と私が言うと、

「おかげさまで、ぴんぴんしてるよ」

木村の声はどこかわざとらしかった。無理に元気なふりをしているのかもしれない。まだ入院中だが、月末には退院だと言う。

「医者が驚いてた。大腸癌《がん》ってさ、自覚症状が現れる頃には進行癌になっていることが多いんだってさ。そうなると肛門《こうもん》や、リンパ腺《せん》まで取らないといけなくなるらしい。俺はさ、自覚症状がまったくない状態で病巣《びょうそう》を発見した。なぜ検査を受けにきたんですか? ってしつこく聞かれて困ったよ。まさか臭いって言われたから、とも言えないしなあ。奇跡的なケースだってよ。おかげで来月には仕事に復帰できる」

あの臭いは大腸のほうから漂ってきていたんだろうか。

「そりゃあ、よかった」

自分でも気のない返事だなあと思ったけれど、他にしようがない。

「それより、ユキのほうこそ風邪、大丈夫なのか？　そっちのほうが死にそうだったじゃないか」

木村はいつも人のことばかり心配している。

「もう治った。なんだか風邪をひいてから調子がよくなった。身体の大掃除したみたいな気分なんだ」

「そうか、ユキもいろいろあったから疲れが出たんだろう。ゆっくり休めてかえってよかったかもな。あ、今、病院の公衆電話なんだけど、もうカードが切れるから、途中で切れたらごめんな」

確かに受話器の向こうからアナウンスの声やかすかなざわめきが聞こえてくる。

「ねえ、もしかしたらあなたって、私が望んだから病院のことも手術のことも直前まで黙っていたんじゃないの？」

「何だそりゃ」

「だってどこの病院に入院するかも教えなかった」

「教えなかったってわけじゃない」

「いいの。責めてるんじゃないの。だって私、正直に言うと全然心配してなかったから。それどころか自分のことで手いっぱいで、あなたの病気をおもんぱかるのすらめんどうだと思っていた。あなたの人生に関わりあうのを億劫《おっくう》だと感じてた。だから、あなたは私に連絡しなかった。だって、あなたってすごくいい人だから、いつも私が何を望んでいるか、それを読み取って、それに合わせようってしてるんだもの」

木村の深いため息が聞こえた。

「相変わらず理屈っぽいなあ、お前は。そんなめんどくさいこと考えてないよ」

「それならいいけど、私、いくら貸されても利子は払えないからね」

「おいおい、なに言ってんだよ、ユキ」

「私ね、なんであなたから死臭を感じたかわかった気がする。臭いで病気を察知したなんて偶然なんだよ。小さな大腸のポリープから死臭がするなんて考えられない。そんなんじゃない。あなたが、兄に似てたからだと思う。優しすぎるところとか、人の望みを叶《かな》えようとがんばるところとか。だから同じ臭いを感じてしまったんだと思う。でも、それがわかったから私は大丈夫。もう私に関わらなくていいよ」

「何が大丈夫なんだよ、まったく自己チューな女だな」

カードが終わったらしく、いきなり電話は切れた。

木村をこれ以上誘惑しちゃいけないと思う。図らずも彼の命を私が救ったのだとしたら、それで十分だ。関わり続ければ、いつか彼が負担になり、死ぬことを望んでしまうかもしれない。そんな気がした。

20

「山岸と寝た？」

いきなり律子が真顔で言うので、飲んでいた紅茶を吹き出しそうになった。

この間から、律子は私が山岸に好意をもつのを心配しているようだ。

「うん」

と私が答えると、「やっぱりね」と大げさにのけぞってみせた。

「あいつ、昔、宣言してたものなあ」

「なんて？」

「だからさ、俺はいつか絶対に朝倉ユキをモノにするって。ああいう粘着質なタイプって、完璧《かんぺき》主義者だよねえ。一度こうと決めたことは十年経とうが必ず実行するところがすごいわね」

あの山岸が、十年前にそんなことを言っていたのだろうか。

「私、十年前の山岸君って全然記憶にないのよ。あんな面白い男ならもう少し覚えていてもいいと思うんだけど、何にも覚えてない」

「そりゃあ、あんたはあのエロ教授に入れ込んでたから、他の若い男なんて眼中になかったんでしょう」

確かにその通りだ。

「なぜ、山岸君は十年前に私を見てたんだろう」

それはずっと不思議に思っていた。

「山岸だけじゃないよ。みんなあなたにイカれていたと思うよ。だって、朝倉さんはフェロモン撒《ま》き散らしていたもの。たぶん、性的に成熟してたんだろうけど、あなたはもうあの頃、他の女子大生とは違ってた。別に男に色目を使うとか、そういうことはしないけど、でもものすごく色っぽかったんだよ。まるで娼婦《しょうふ》みたいだった」

そうだったかもしれない。自分でもわかる気がする。

「朝倉さんって、女友達っていないでしょう？」

「そうだね。今、私が友達って呼べるのって本田律子だけだもの」

正直にそう言うと律子は呆《あき》れ果てたように呟いた。

「寂しい人生だわね」

それから、しばらく間を置いてから思い詰めたように言った。

「私ね、あなたって何か特別な、霊的な素養をもった人なんじゃないかって勝手に思い込んで舞い上がってたけど、でも、それって私の思い過ごしだったのかもしれない。あなたは、単なる淫乱《いんらん》なのかも。エロトマニア」

私は驚いて律子を見た。

「ずいぶんひどいことを言うわね」

挑発するように律子は言った。

「だって、私、見ちゃったんだもん。あの晩、新宿の公園での出来事。あなたの声、道路まで聞こえてたよ」

冷水を浴びたような気分だった。それから思った。あれって、やっぱり現実だったんだ。

それにしても律子はなぜ私とこんなに関わろうとするんだろう。彼女が私に干渉してくるその目的は何なんだろう。男は繋《つな》がればわかるけど、女のことはよくわからない。

「ねえ、私も聞きたいことがあるんだけど」

何、と不安げに律子が答える。大胆なくせに小心者なのだ。

「本田律子こそどうしてシャーマンの研究家になっちゃったわけ？　何が起こってあなたを合理主義者から変貌《へんぼう》させたの？」

以前から聞いてみたかったことだ。私も変だけど、本田律子、あなただって相当おかしい。

「それは、話すとものすごく長いし、まだあなたには話したくないな。今のあなたに話そうとしても私はきっと自分の体験をうまく語れないと思う。朝倉さんはどっかで、私をオカルト趣味だと思って軽蔑《けいべつ》しているでしょう。私に起こったことはどんなに奇妙でも私だけに意味があり、体験していないあなたにとっては、それ以上でもそれ以下でもないものなの。でも、その結果として今の私が存在している。今の私を単なるオカルト趣味だと思っている人に、自分の体験を話すほどのエネルギーを私はもちあわせていない。語るって、相手の聞く力に支えられてできる行為なんだよ。そうだったでしょ？　元カウンセラー候補生」

なぜか怒っている律子を見て、その時にやっと理解できた。

ああそうか、なんで今まで気がつかなかったんだろう。律子も私と同じなのだ。何か特別な奇妙な体験をして、それがいったい何なのか確かめるためにシャーマニズムの研究を始めたのだ。そしてその答えはまだ見つかっていないから、自分が本当に正しいのかどうか迷っている。彼女は私と奇妙な体験を共感しあいたかったのかもしれない。でも、私が自分の体験を神秘的に受け止めようとしないから怒っているんだ。

律子も迷いながら頭では理解不能なことを受け入れようとしている。受け入れがたいことを受け止めようとして苦しんでいるのは、私と同じなのかもしれない。

「ごめん、律子の言う通りだ。私が悪いね。私は現実を受け入れられなくて意固地になってるのかもしれない。なんでだろう、私ね、魂とか神とか、そういうことを今、受け入れてしまうと、兄の死の本当の理由から自分が逃げてしまうような気がして自分を許せない。自分がなぜ死臭を嗅《か》ぐのか、なぜ兄の幻覚を見るのか。それをオカルトで解決したくない。そんな気持ちが私を必要以上に意固地にさせてるのかもしれない。現実をちゃんと自分の自我で受け止めろって、そう自分に言い聞かせている。そのために、私はカウンセリングを受けてるんだから」

心理学ですべてが解決するなんて思ってはいない。でも、自我が危機にさらされている時はカウンセリングは武器になる。たぶん知識というのは自分を越えていくための道具なんだ。知識は道具にすぎない。それくらいはわかってる。

「疑問その一。カウンセリングってのは、カウンセラーの力を借りて二人の関係性の中で自分の心の傷と向きあっていく作業でしょ。それを今、国貞先生と朝倉さんがやれていると思う？　疑問その二。私は人間の死って自我だけで受け止めるのは酷だと思うよ。人間にとって死とは何か、は科学ですら解明していないんだ。そんな不条理なものを自我に押しつけても合理的に処理できるはずがない。だから人間は、神話や、夢や、黄泉《よみ》の国や、神を生み出し続けてきたんだもの。私ね、いろんなシャーマンに出会って思ったことがあるんだ。それはね、この国からカウンセラーという職業が消えればいい、ってこと。人間の心は自分で自分を癒《いや》すことができる。その能力がある。カウンセラーという職業が蔓延《まんえん》したら、人の力を借りないと自分を癒せないと思い込む人がもっと増えてしまう。お節介サービス業に頼りすぎると人間は滅びるよ」

この世からカウンセラーが消えたほうがいい……。かつて彼女自身が心理職を目指していたはずなのに、律子の言葉は少し意外だった。そうなんだろうか。カウンセラーなんて消えたほうがいい職業なんだろうか。でも、言いたいことはわかる。彼女の言葉の裏にある別の意味。わかるけど言語化できない。だから返事ができなくて黙っていた。

「さっきの話、ちょっとだけ話してあげてもいいよ」

え？　と顔を上げると、律子はにんまり笑った。

「なぜ私がシャーマンに興味をもったか……ってこと」

「あなたも知っている通り、私もかつては心理職を目指していたわ。心を病んでいる人を助けたい、人間の心の闇《やみ》を解き明かしたい、なんていうことを思春期の頃から考えてた。大学に入った当時はカウンセラーは自分の天職だと信じて疑わなかった。あの頃の自分を思い出すとぞっとする。私はね、病気の人間を探してた。そして自分が治療してみたいって、そんな欲望に支配されてた。すごく傲慢《ごうまん》だったわ」

　別に律子が特別なんじゃない。人の心を扱う人間はまず自分の支配欲と闘うのだ。

「あれは大学四年の時、ちょっとショックなことが起こった。友達の女の子が突然に発狂したの。彼女は狂う前日まで私といっしょにいたのよ。二人で芝居を観《み》たの。新宿紀伊國屋《きのくにや》ホールで。北村想の『寿歌《ほぎうた》』っていう芝居。なんだか幻想的で不思議な芝居だった。舞台が核戦争後の地球なのね。とても哀《かな》しくて美しい舞台だった。じーんときちゃってね、二人して放心しながら新宿の街をぶらぶら歩いたわ。彼女はいつになくハイになってた。芝居を観て興奮したからだろうって思った。感情移入しやすいタイプの子だったからね。歌舞伎町《かぶきちょう》のバーで一杯飲んで別れた。その時は、ちっとも変だなんて思わなかった。

翌朝ずいぶん早い時間に電話がかかってきた。わかったよ、って彼女は言うのね。わかった、やっとわかった。すべてがわかった、って。わかったって言葉、分裂型の錯乱の初期にみんなよく言うじゃない？　あれれって思った。直感的になんかヤバい気がした。ものすごくテンションが高くて、一方的にしゃべり続ける。ねえ律子、樹木って、世界のアンテナだったんだよ、昨日の芝居を観てそれがわかった。彼女はそう言った。樹木って宇宙から電波を集めてるんだよって。ファインドホーンには世界一のアンテナがある。それはサイの角《つの》だ。彼女は意味不明のことを脈絡もなく電話でまくし立てて止まらない。私は慌《あわ》てて電話を切って彼女の部屋に飛んで行ったよ。そしたら、私が着いた時には彼女は部屋の窓から家財道具を狂ったみたいに投げ捨てていた。完全に急性錯乱状態だと思った。私はすぐさま警察に電話して保護を頼んで、狂ったように暴れる彼女を措置入院させた。だって、彼女は巨大なクロゼットを自力で持ち上げて、それを窓から捨てようとしていたんだ。異常なまでのバカ力を発揮してた。それだけ興奮状態だってことだ。たぶん夜も一睡もしないで悶々《もんもん》としてたんだろう。何か事故があってからじゃ遅いと思った。興奮してる女を私の力で押さえられないこともわかってた。彼女は拘束衣を着せられて病院に連行され、鎮静剤を注射されて、それから一年間病院から出てこられなかった。退院した時は薬で朦朧《もうろう》としてた。

電気ショック療法を受けたとかで、記憶が細切れだって言ってた。もっとマシな病院に移したかったけど、措置入院させると転院の自由を奪われちゃうんだ。

私は彼女の心に何が起こったんだろうって、そればかり考えてた。偉そうに心理学なんか勉強してたくせに彼女のこと救えなかった。ものすごい罪悪感を覚えた。それから彼女の生育歴とか家族関係とか、いろんなこと考慮しながら彼女の心の謎《なぞ》を解き明かそうとした。もちろん、彼女の人生の重箱の隅をつつけば、いくらでも発狂する理由が考えられる。ありとあらゆるトラウマを総動員すれば、精神病者いっちょう上がりって感じだ。でも、なんか違うって思えた。理由をつけて彼女を病気にして納得したいのは私の都合なんじゃないかって思えた。

ある時、シベリアの少数民族の神話の中に『植物はアンテナである』という言葉を発見したの。彼女が興奮状態でしゃべった言葉と同じなのね。偶然の一致にしても、不思議なこともあるものだと思った。それで、私は彼女が狂って語った言葉を、もう一度思い出しながら、それを検証していったんだ。まさに、今、あなたがコンセントの謎を探しているようにね。そうしたら、もっともっと不思議なことがわかった。『ファインドホーンには世界一のアンテナがある。それはサイの角だ』と彼女は言ってた。調べてみると、ファインドホーンって場所が本当にあったんだ。そこは一般的にはフィンドホーンと呼ばれていて、スコットランドにある。でも地名の綴《つづ》りはfind horn、ファインドホーンが正しいんだ。どうやらスコットランド訛《なま》りだとフィンドホーンになっちゃうらしい。もともと鹿《しか》がたくさんいた地域で、人々がその角を探しにきたことからついた地名らしい。

でも、彼女は鹿ではなくサイの角だと言った。合致しない。この場所は聖地で、奇跡を呼ぶ場所として世界的に有名だった。不毛の大地なのに、なぜかここでは巨大な野菜が収穫できる。訪れた人を癒し、病気すら治すという不思議な場所なの。資料や、いろんな本を調べても、世界一のアンテナについてはわからない。そんな記述がない。それでとうとう、私は行ってみたんだよ、そのフィンドホーンまで。行ってびっくりした。そこは世界中から癒しを求めて人々が集まるコミューンだったんだ。そして、町の中心にあるコミュニケーションホールに入った時、私はついに見つけたんだ。壁にキルトのタペストリーが掛けてあった。そこには一角獣が刺繡《ししゅう》されていたんだ。見ようによってはサイの角に見える。これは何のシンボルですか？　って私はセンターの係員に聞いたんだよ。そしたら、このセンターの創始者である女性が、夢で与えられた啓示だ、という答えだった。でも、それは公表しているような事柄ではなく、対外的なシンボルでもないので一角獣について知る人はほとんどいません、という答えだった。奇妙な偶然の一致でしょう？　彼女はもちろん、フィンドホーンにきたことはない。それならなぜ『世界一のアンテナはサイの角だ』と語ったんだろう。これも偶然かしら。偶然にしてはできすぎている。しかも、フィンドホーンの周りは深い杉の森で、その杉のとがった先は神の愛を集めるアンテナだ、と言われていた。だから森にはたくさんの精霊が住むのだとみんなが信じていたし、実際に精霊を見たって人にも会った」

律子はここまで話してから、一息ついて冷めた紅茶を口に含んだ。私は黙って彼女の話の続きを待った。すでに私の指先はびりびりと震え始めている。感電しているみたいだ。

「それで、私は考えたんだよ。狂気って何だろうって。彼女は本当に気が狂っていたのか、錯乱していたのか。でも、じゃあ錯乱って何だろうって。そして、沖縄のユタに出会った。彼女たちの多くが、ユタになる前に非常にバッドな精神状態になる。私たちなら即刻、警察に通報して病院に連れていかせるような状態だ。だけど、宮古島という共同社会の中では、そのような状態になった女性をカミダーリと言って、神様の仕事をする特別な存在として受け入れてしまうんだ。カミダーリになった女性は錯乱の後にシャーマンとして蘇《よみがえ》り、人の心を癒す仕事をする。もしかしたら、私は友達の力を奪ってしまったのではないか……。精神病院に強制的に入れてしまったことでね。そしてそういう人は今もたくさんいて、錯乱患者として薬を投与され続けてるんじゃないか、って。だから、私はそれからずっとシャーマンの研究をしているわけ」

「そういう人って、たくさんいるの?」

「どっちのこと? 精神病者、それともシャーマン?」

私はため息をついた。何が狂気で何が現実なのか、この曖昧《あいまい》さは体験した人間でなければわからないのだ。死んだ兄ですら病気なのか正気なのかわからない。心の境界線はとても曖昧だ。

「人間は意識を高次へと覚醒《かくせい》させる前に、ある混乱状態に入ることがあるの。それをスピリチュアル・エマージェンシーと呼んで精神病と区別する学者もいるくらい。沖縄でもユタになる人間は必ずこのスピリチュアル・エマージェンシーを体験して、精神錯乱状態に陥る。そこを通過してシャーマンとしての力をもつようになるのだけど、でも、普通は錯乱したら精神病と診断されて精神病院に入れられちゃう。私の友達のようにね。スピリチュアル・エマージェンシーには幻覚や幻聴体験も含まれるの。しかもそれは肉親の死や、臨死体験という自分の精神が危機的な状況に追い込まれた時に始まる場合が多い」

やっと律子の言いたいことが飲み込めてきた。

「もしかして律子は、私もソレだと思ったわけ?」

ピンポン! と律子はおどけてみせた。

「あなたは分析的であるけれど利口なのかアホなのかよくわからない。本能的なのか理性的なのかよくわからない。だからとても魅《ひ》かれた。研究材料としてね。もしかしたらこういう人が、精神的危機を越えて新しいタイプのシャーマンになるのではないかって、そんなふうに思った。だってさ、シャーマンも進化しないといけないいんだよ。昔からのシャーマニズムじゃ、この都会の中で黄泉と現在を繋《つな》げないんだ」

私はもうやめてと手の平で彼女を制して言った。

「悪いけど、私は昔から霊感の類《たぐ》いはまったくないの」

「そうかな。あんたは自分のことをよくわかってないんだよ。本当は他人の気持ちが手に取るようにわかる千里眼なんじゃないの? でも、他者に憑依《ひょうい》されると苦しくて狂ってしまうからブラインドを降ろした。あなたのお兄さんも同じ体質だった。ただあなたとは表現や防衛の方法が違っていた。人間の数だけ心の形があるから、目的は同じでも生き方は全然違ってしまったりする。あなたはブラインドを降ろすのに成功したけど、お兄さんは失敗した。自分を越えて覚醒できなかった」

山岸と似たようなことを言うなと思った。山岸も兄と私を同じ体質だと言った。私はコンセントを抜いていたのだ……って。

「コンセントは、あんた自身なんだよ」

「私が?」

「そうだよ。この世界と協調する方法を探してるのはあんたなんだよ」


警笛が鳴った。


またあの無人踏切りだ。

なぜあの場所がこんなに現れるんだろう。

兄と私と母の三人で、暗い無人踏切りに立っている。あたりは明け方だろうか。

兄も私もまだとても幼い。私が三歳くらい、兄はたぶん中学二年生くらいだろう。

母が私と兄を両脇《わき》にしっかりと抱えている。母の腕が首に巻きついていて苦しい。私は泣き叫んでいる。ひどく興奮している。遠くから列車の振動が空気を伝わってくる。

母は列車に飛び込むつもりなのだ。私は母の腕に嚙《か》みついた。母は思わず私を突き放した。母は兄の手を握り線路のほうへと引いていく。兄は黙って母に引きずられていく。母の頭のてっぺんから赤黒い靄《もや》がもうもうと立っていて恐ろしい。「行っちゃだめ」と私は叫んでいる。兄が私のほうを振り向いて、そして悲しそうに首を振った。私は母親の足にしがみついてふくらはぎに嚙みついた。兄を助けなくちゃと思った。そうしないと連れていかれてしまうと思った。母親の目が吊《つ》り上がっていた。動くたびに体から赤黒い細かな靄が吹き上がる。

母は私を振り払おうと夢中で足を蹴《け》り地団駄を踏んだ。もう正気ではないのがわかった。兄は、兄は震えていた。ブルブルと震えていた。顔が死人のように真っ青だった。震えがどんどん身体《からだ》中に広がって、兄は立っていられないほどになった。震えを止めようと両腕で身体を押さえるのだけど、震えは止まらない。兄の目が白目になって、口から涎《よだれ》が垂れる。

そして兄はガタガタ震えながら踏切りへ、轟々《ごうごう》と列車が近づいてくる無人踏切りへ歩きだした。

「大丈夫、朝倉さん、どうしたの?」

いきなり白日夢を見ていた。気がついたら泣いている。

「ごめん、突然子供の時の風景が蘇って頭を占領された」

律子が黙ってハンカチを渡してくれた。

「どうしたんだろう。すっかり忘れていたことなのに、急に思い出した」

律子の話に気持ちが感応しているみたいだ。自己制御できなかった。

「どんなこと、思い出したの？」

あれは何だったんだろう。確かにあんなことがあった気がする。

「母がね、私たちを連れて無人踏切りで無理心中しようとしたの。あの当時、父の暴力がひどくて母親はよく死にたいと言っていた。心身消耗によるノイローゼ状態。母はヒステリーの傾向があって、ときどき発作的に自殺パフォーマンスをするの。兄は母親の心に共振して発作を起こした。そして自ら列車に飛び込んだ。その時のこと、思い出した」

「お兄さんはどうなったの？」

「助かった。列車が止まったの。たぶん三人でもみ合っているのが見えたのかもしれない。でも、本当に危機一髪だった。紙一重のところで列車が止まったの」

そういえば、兄が私に言ったことがあった。

お前は強い。お前の強さがうらやましい、と。その時は兄が何を言っているのかわからなかった。私は自分を強い人間だと思ったことはなかったから。でも、あの時母親に抵抗できた私は、兄から見れば強い存在だったのかもしれない。

「お兄さん、繊細な人だったんだね」

「そうだね。兄が暴力をふるうようになってからのイメージが強すぎて、ずっと消されていた。兄はすごく優しい人だった。優しすぎたから母の苦悩を一人で背負って苦しんでた」

そうだった。なぜ忘れていたんだろう。兄は側にいる人間の感情にからめとられてシンクロしてしまう。どこからが自分で、どこからが相手なのかわからないで混乱する人だった。

病気でもなんでもなく、そういう体質に生まれついていたんだ。だから、私に繰り返し聞いていたのだ。

なあユキ、コンセントが繋がっていない時、あの少年はどんな世界を生きているのかな。気持ちいいのかな、何も感じないのかな、寝てるのかな、起きてるのかな、聞こえるのかな、聞こえないのかな。なあ、コンセントが切れた世界って、どんななんだろう。どう思う、ユキ。

21

ナース・ステーションで木村の名前を告げると、テーブルでメモをとっていた若い看護婦が顔を上げて私を見た。あれ、と思った。目が合うと彼女はかすかに頭を下げてからまた仕事に戻る。でも、彼女の視線からある特別な感情の刺激を感じた。瞬間、この子、木村に好意をもっているんだと思った。

教えられた病室は六人の大部屋で、入って行くと木村は窓際《まどぎわ》のベッドの上に座って雑誌を読んでいた。窓から穏やかな秋の陽が差し込んでいる。入院していてもヒゲを剃《そ》りこざっぱりしている。相変わらず指が長い。元気そうだった。

「こんにちは」

声をかけると木村は顔を上げ、慌《あわ》ててベッドから降りた。人間ってびっくりすると本当にぴょんって飛び上がるんだな、と思って可笑《おか》しかった。

「どうしたの突然？」

「うん、ちょっとお見舞い」

木村の慌てた様子を見て、同室の患者たちがニヤニヤしている。

イヤホンでテレビを観《み》ている人、眠っている人、本を読んでいる人。空気の中には様々な匂《にお》いの粒が混じっている。この部屋には死臭はない。ほっとした。とにかく、外に出ようと、木村に促されて、病室を出る。

私たちは病院の中庭の陽だまりのベンチに腰を降ろした。少し肌寒くて、人影は他になかった。

「あさって退院なんだよ」

「うん、このまえ聞いてる。元気そうでよかった」

木村は青い病院支給のパジャマを着ている。丈が短くて足首がにょきっと出ていて可笑しい。

「実はね、今日きたのはちょっと試したいことがあってなの」

私がそう言うと間髪容《い》れずに木村が言った。

「臭《にお》いだろ」

「え?」

「自分の鼻を試しにきたんだろう? たぶんくると思った」

「ごめんなさい」

「謝ることないよ。気持ちはわかる。俺も興味がある」

「もう、あなたとは会うつもりじゃなかった。でも最後にどうしても確かめたくなったの」

木村の表情がくしゅんと縮む。

「なんでもう俺とは会ってくれないんだ？」

「それは……。うまく言えないのだけど、私やっぱりあなたのことを好きになれない。好きになれないというよりも興味がないの。それなのに優しくされるとあなたを利用してしまう。それが自分で怖い」

どうしてこういう言葉しか選べないんだろう。言葉は意思伝達手段としては未熟すぎる。

「そうか……。そうだな、偉そうなことを言っても、俺はあまりユキの助けにはならないからなあ」

私は黙って木村の話を聞いていた。今日は聞こうと決意してきた。ちゃんと彼の話を聞いて、そしてさようならと言おうと。

「なんとなく自分でもわかってたんだ。結局、助けられたのは俺のほうだもんな。ユキは俺より強い。お前を助けるには俺が弱すぎるのかもしれない。少しだけユキと接してみて、なんだかお前は俺の計り知れないようなところで苦しんでるんだなあ、って思った。こうしていっしょに隣に座ってるのに、お前と俺が立ってる場所は違う。どうしてなんだろうなあ。こんな感じは初めてだ。ユキは幽霊みたいだ。この世の女じゃないみたいに思える時がある。でも、きっとそういうお前が好きだったんだと思うよ」

「ありがとう……」

同じことを私も感じてた。木村と私は同じ空間に生きながら違う世界をさ迷っている。

「それから、お前は誤解してるみたいだけど、お前を悪く言う男はいないよ。少なくとも俺の知る限りでは、お前とつきあった男はみんな、どういうわけかお前のことがすごく好きなんだ」

「やめてよ、きまり悪いから」

「俺、その理由がわかるよ。お前と……、その、いっしょになってると、なんかすごく満たされた懐《なつ》かしい気持ちを思い出すんだ。忘れていた子供の頃の他愛ない幸せな瞬間を急に思い出したりする。勇気づけられたような気分になる。うまく口では言えないけど」

セックスのことを話しているのだと思った。ただ、露骨すぎるから木村には言葉にできないのだ。男からセックスを褒められるというのは名誉なことなんだろうか。複雑な気分だ。

「それで、どうかな。俺、まだ臭うか？」

神妙な顔で木村は私の目の前に顔を突き出してきた。

匂いに意識を集中してみる。木村の身体からは様々な薬品の匂いがする。それが体液と混ざりあって独特の酸味のある匂いになっている。でも、死臭はしない。

「わからない。息を、息を吐いてみてくれる？」

「こうか……」

はあっと木村が息を吐き出した。その息にも薬品の酸《す》っぱい匂いはするけれど、死臭はしなかった。

「臭い、しないわ。消えてる。よかったね」

木村の目が私を見ている。ひどく寂しそうだった。

「もう帰るわ」

私たちは無言で病院の玄関まで歩いた。入り口に桜の木があって、葉がすこし色づいていた。秋が深まろうとしている。見送ってくれた木村と、じゃあ、と言って握手した。

「そうそう、かわいい看護婦さんがいるでしょ、ここに泣きボクロがある」

え？　ああ、と木村が返事に詰まる。

「彼女、あなたに気があるみたいよ」

そう言って手を振ってバイバイと言って別れた。私の背中で、木村が「なに言ってんだよ、バカヤロウ」と呟《つぶや》いていた。

病院の前のバス停で、老夫婦が二人、バスを待っていた。

二人の後ろにぼんやりと並びながら、私は自分の気持ちをもてあましている。木村を愛していたわけでもないのに、なぜ寂しいのかがわからない。きっと、これは瞬間的な感情だ。このバスを降りる頃にはもう忘れているはずだ。そう自分に言い聞かせる。感情はいつも瞬間的なものだ。だから通り過ぎるのを待っていればいい。

バスがきて、老夫婦の後に続いて乗り込んだ。

ワンマンバスのアナウンスが「整理券をお取りください」と無機質に言う。婦人が整理券を取る。ところが老人のほうは整理券を取らずに婦人の後について行く。

「あの、整理券を取っていませんよ」

と声をかけると、え？　と婦人が振り向いた。その瞬間、老人の姿が消えていた。

「あ、あれ、今、後ろに……」

と言いかけて慌てて口をつぐんだ。乗客やバスの運転手が不思議そうにこちらを見ている。

「ごめんなさい、何でもありません」

心臓の鼓動が高くなる。

自分の整理券を取って、座席を探す。婦人は空いている席に腰を降ろす。続いて私も通路を挟んで右横の席に座った。そっと横目で盗み見ると、空席のはずの窓際、婦人の左隣にはやはり先ほどの老人が座っている。白髪に白い顎鬚《あごひげ》。グレイの毛の背広に茶色のベストを着ている。はっきりと見える。幻覚とも幽霊とも思えない。生きている人間と同じように見える。

あまりじろじろ見ると不審に思われる。だけど、見ないわけにはいかない。老人はじっと前を見て座っている。婦人にぴたりと寄り添って。

手の平に冷たい汗がじっとりと滲《にじ》んできた。

婦人が憂鬱《ゆううつ》そうに「はあ」とため息をつく。その息からは、あの臭いがした。

これは何？　今、目の前に見えている老人は何だ。

落ち着いて考えよう。もう一度、深呼吸して、よおく見て、それから判断するんだ。

五つ目のバス停の名前がアナウンスされると、老婦人は下車の合図ボタンを押した。

バスが停車するとのろのろと立ち上がって降車口の方向へ歩いていく。動作が緩慢だ。

ひどく具合が悪そうだった。老人も立ち上がり婦人の後に続く。自然な動作だが音がしない。衣擦《きぬず》れの音や足音がしない。無音で移動していく。

婦人が下車すると、後に続く老人が降りているのにドアがぴしゃん！　と閉まった。一瞬、目を覆《おお》った。バスの自動扉に老人は潰《つぶ》されたはずだった。

次に目を開けた時、バスは発車していた。

バスの窓から、歩いていく老婦人の姿と、その後ろにぴったりとくっついている老人の姿が見えた。

「すみません、降ります、降ろしてください」

強引に運転手にドアを開けさせてバスを降りた。

リアルすぎる。幻覚とは思えない。だけどあの老人はたぶん実在しない。私だけが見ているものだ。白日夢を見ているのだろうか。あまりに鮮明なので恐怖すら感じなかった。ただ奇妙なだけだ。

それとも、乗客にも見えているのだろうか。見えていながらみんな見ないふりをしているだけなのだろうか。いや、そんなはずはない。運転手はドアで老人を潰した。見えていてあんなことをしたら殺人だもの。

老人は潰される寸前に消えた。そしてバスが発車するとまた現れた。はっきりとしていることは、老人は物質ではないということだ。だとしたら、あれは何？　霊という言葉が浮かんで無理にそれを追い払った。霊なんて存在しない。

私は老人たちの後を追った。

二人は並んで住宅街の路地に消えていくところだった。足が遅いので追いつくのは簡単だ。縦に並んでとぼとぼと歩いて行く。二人が歩いた後にナメクジの軌跡のような赤黒い粘液が残っている。あの婦人は、もうすぐ死ぬのだと思った。直感だった。

老人はすでに死んでいる彼女の夫に違いない。婦人の死期が近づいてきて、死んだ夫のエネルギーと感応しているのだ。

二人は住宅街の奥の小さな一戸建てに入って行った。婦人がドアの鍵《かぎ》を開けると、すっと老人もいっしょに家の中に消えた。

天空を目まぐるしく雲が去来する。

太陽光がギラギラと家の屋根を照らし出す。家は逆光で真っ黒い影になった。茫然《ぼうぜん》と立ち尽くしているうちに、私はなぜか帰り道を見失ってしまった。

ここはどこだろう。

ついさっきまでの住宅街のようでもあるし、違うようでもある。相似形の建物が整然と並んでいる。どの家ものっぺりと平べったくて、てかてかと光っている。道がある。でもこの道がどこに続いているのか認識できない。風景からすべての意味が削《そ》ぎ落とされている。これは道、これは電信柱、これは門扉《もんぴ》、これはポスト……。でも、何をするものかわからない。ただの物体。何も感じない。現実的な意味がわからない。

まるで映画のセットの中に紛れ込んだみたいだ。嘘《うそ》っぽくて、平淡で、ひどく無意味。これは夢なのかと思う。いつかの夢のように私は二次元の漫画の世界に紛れ込んだのかもしれない。夢だとしたらいつか覚めるのだろうか。でも、もし永遠に覚めなかったら、私はこの世界に取り残されるのだろうか。

否《いや》、夢じゃない。私は混乱しているようだ。そうだ。混乱しているのだ。こういうことはままあることだ。意味の喪失。何と言ったっけ、そうそう。ゲシュタルト崩壊だ。

不気味なほど静かに感じた。音のようなものが聞こえるが、それが音だと思えない。音と自分を関係づけることができない。なぜ、非現実の世界に入ってしまったのだろう。私は危険かもしれない。早く帰ったほうがよい。でも、どうやったら帰れるのだろう。帰るべき場所すらわからない。

とにかく落ち着け、ユキ。そうだ、深呼吸してみよう。吸って、吐いて。ほら身体《からだ》は言う通りに動く。触ってごらん、自分の手や身体に。感じる。身体がある。まだ大丈夫だ。私はここにいる。右手はこっち、左手はこっちだ。わかる。

歩いてみよう、とにかく。歩きながら考えよう。ここはどこなのか。

空気が重くて足を踏み出すのに苦労した。細かい鉛色の粒々が空気中を満たしている。粒々は柔らかくて生暖かい。それが歩くたびに皮膚に染《し》み込んで、だんだん身体の中に入ってくる。ぷちぷちぷちぷち。粒々が皮膚を覆い尽くし、どこまでが身体なのかわからなくなってくる。

いやだ。

腕の表面に付着した粒々を手で払いのける。粒々は水銀のように皮膚の表面から飛び散る。鱗《うろこ》のようだ。払っても払ってもまた付着してくる。気持ち悪い。銀色の粒々が顔や手を覆っていく。息ができない。苦しい。粒々に埋もれて身体が沈んでしまいそうだ。顔面を掻《か》きむしって粒々をこそげ落とす。再び目を開けると、いつのまにか周りの景色が変わっていた。

テレビの画面が変わったみたいだ。ああ、そうかチャンネルを切り替えたんだ。なんだ、歩かなくていいんだ。チャンネルを変えれば別の場所に行けるんだ。でも、どうやってチャンネルを変えたんだろう。違うよ、馬鹿《ばか》なことを。チャンネルなんか変えられない。現実は一つしかないんだ。私の考えは間違ってる。そうだ、間違ってる。粒々なんかない。幻覚だ。しっかりしろ。

そう思った途端、粒々が消えた。

ほっとした。私はまだちゃんと思考できる。大丈夫だ、そう思った。

どこかの駅前みたいだった。アーケードのついた小さな商店街が見える。バス停があって何台ものバスが並んでいる。古びた改札と券売機、不動産屋、タバコ屋、コンビニ、ポスト、自転車置き場、信号、本屋……。錆《さ》びたベンチがある。座ろう。座って何が起こっているのか頭を整理しよう。私はよろよろとベンチに腰を降ろす。無声映画の登場人物のように目の前を人々がバスに乗り、バスを降り、通り過ぎていく。ひどく眩《まぶ》しい。

老人の幽霊を見た。老婦人の口から死臭がした。それを追って行った。二人は家に消えた。早回しのフィルムみたいに黒い雲が湧《わ》いてきて、あたりが暗く閉ざされて何も見えなくなった。それから、気がついたら自分がどこにいるのかわからなくなっていた。さあ、この出来事は何だ。夢ではない、これは夢じゃない。もし夢だとしてもこの世界にいる限り私は夢を生きなければならない。考えるんだ。この状況は何だ。

現実感ノ喪失ナラビニ幻覚妄想ハ分裂病ノ典型的ナ初期症状デアル。

すごいぞユキ。よく覚えてるじゃないか。

現実感の喪失は自我の解体によって生じる。でもこれは違うよ。もし自我を喪失したら、こうして自分の自我について思考することはできない。この思考している私こそ私の自我だ。私は分裂病ではない。山岸は言ったもの。お前は病気じゃないって。だから私は病気じゃない。今、私に起こっている混乱は狂気であるはずがない。

誰かがふいに私の肩を叩《たた》いた。

振り向くといつのまにか隣に五十歳くらいの中年の女が座っている。チリチリにパーマをあてた薄い毛髪、かさついた頭皮、厚化粧の白い顔、赤い唇。まるで東南アジ

ア の呪術《じゆじゆつ》の仮面のようだ。女は白粉《おしろい》臭い顔を近づけて言った。

「カイタイセヨ」

私は驚いて後ずさる。女はさらに私の腕を摑《つか》み、繰り返す。

「カイタイセヨ、スベテヲ、ステテ、カイタイセヨ」

女は無機質に笑っている。真昼の陽光にてらてらと光っている。

「何を言ってるの？」

女は手を離さない。腕がちぎれそうだ。

「ステテ、カイタイセヨ」

女の口がガッと蛇のように開く。

「やめてっ！」

恐怖が全身を貫き、私は女の手を振りほどいて駆けだした。

走りながらたくさんの人間にぶつかった。通行人が私の身体に触れる。ぶつかるたびに人々が私に呟く。腕を摑み、顔を近づけ、口々に呟く。

「カイタイセヨ」「カイタイセヨ」「カイタイセヨ」

無数の顔、顔、顔。そして意識、名前、記憶。銀色の細かい粒子になって接触した人間の情報が皮膚に侵入してくる。柔らかな粒子はぷるぷると微細に振動しながら体内にめり込んでくる。アキラ、ジュン、ショウイチ、マサエ、ヨシオ、マリ、ノブヒロ、マサヨシ……。アブナイ。フザケンナバカヤロウ。ダイジョウブデスカドウカシタノデスカ。アナタキヲツケナサイヨ。イタイジャナイシツレイナヒト。ナンダヨコノオンナアタマオカシインジャネエノカ。たくさんの思考がぶよぶよの粒子になって染み込んでくる。私が乗っ取られてしまう。いやだ。入ってくるな。出て行け。アタシに入ってくるな。身体が勝手に震えだす。他人の振動に感応しているみたいだ。そこかしこの筋肉が雑多な振動で痙攣《けいれん》する。身体中が無数の人間の不協和音になる。血管が収縮して呼吸が不規則になる。制御できない。私の身体にたくさんの他人がいる。いやだ。助けて。私が消えてしまう。

どこかの広い空間に走り出た。

公園のようだった。枝を広げた木々の暗い網目が広場の周りを覆っている。ジャングルジムと、ブランコとすべり台。中央にはイルカをモチーフにした奇妙なオブジェが建っている。オブジェの長い影が私に向かって真っすぐに伸びている。その影に私は逃げ込んだ。

息が苦しい。走りすぎた。心臓が咽《のど》から飛び出してきそうだ。

私はオブジェにもたれて、荒い呼吸をしながら空を見上げた。彼方《かなた》から気流の流れる金属音が聞こえた。雲がぐんぐん動いている。力が抜けてしゃがみ込んでしまう。次第に身体の感覚が消えて、心臓だけが存在し脈打っている。それでもまだ細胞の中に人々の残振が残っている。無数の人間が私の中にかすかな振動として存在している。そして呟《つぶや》いている、「カイタイセヨ」と。

「カイタイセヨ」「カイタイセヨ」「カイタイセヨ」「カイタイセヨ」

これは幻聴だ。さあ頭を使おう。考えよう。考えることだけが私を繋《つな》ぎ止める。幻聴の定義は何だっけ。幻聴の定義、幻聴の定義、幻聴の定義、それを私は必死で唱える。現実に戻るためのたった一つの呪《まじな》いみたいに。

幻聴トハ無意識的感情ヤ衝動ヲ現実ニ投射シテ意識ガ言語化シタモノデアル。
幻聴トハ無意識的感情ヤ衝動ヲ現実ニ投射シテ意識ガ言語化シタモノデアル。
幻聴トハ無意識的感情ヤ衝動ヲ現実ニ投射シテ意識ガ言語化シタモノデアル。
幻聴トハ無意識的感情ヤ衝動ヲ現実ニ投射シテ意識ガ言語化シタモノデアル。

そうそう、いいぞユキ。あんたは理性的な女だ。解体せよと。棄《す》てて解体せよと。何を棄てろって言うんだよ、まさかこの私自身をか？　冗談じゃない。自我を解体したら、その後、私はどうなる？　なくなっちゃうんじゃないの？　それこそ精神病院に入れられて一生を終えるんじゃないの？　いやなこった。私は気に入ってるんだ。けっこう満足してる、この世界をね。この私でいいんだ。今のままの朝倉ユキでいい。他の私になんかなりたくない。

ふいにあたりが暗くなった。ずぼりと鈍い衝撃を背中に感じた。えたいの知れない何かがドロドロと私の中に流れ込んでくる。熱いコールタールのように黒光りする不快なもの。どんどん流れ込む。膨れ上がって頭の中を黒く塗りつぶしていく。圧を感じて鼻の奥が痛い。ちくしょう今度は何なんだ。あらゆるものが侵入してくる。すごい質量だ。潰《つぶ》される。こいつは虚無だ。世界に遍在する虚無の振動だ。マイナスのエネルギーだ。

私は身体を屈《かが》めて黒光りする物体をごぼごぼと吐き出した。

大量のコールタールが地面にぶち撒《ま》かれてオブジェの影と融合していく。この黒い物体は影の世界からやってきたらしい。吐いたら、少し楽になった。咳《せき》が止まらない。苦しくて涙が滲《にじ》む。どうなっちゃったんだ、アタシは。何が起こってるんだ、いったい。皮膚の表面が一メートルも広がったように感じる。無数の振動を皮膚が拾ってしまう。アンテナになっている。身体感覚が膨張し巨大な受容体になっている。この世のあらゆる周波数を受信している。制御できない。まるで壊れたラジオみたいだ。

ふと、無数の振動の中に、兄を感じた。

ひどく懐《なつ》かしかった。私は夢中で兄を探してチューニングした。

兄さん。あんたもずっと闘ってたんだね。わかる。今ならわかるよ。ひどい状態だ。こんな目に遭ってたなんて知らなかった。耐えられないよ、すべてが入ってくる。だから、あんたはコンセントを抜いたんだ。教えてよ、私にも。どうやったらコンセントが抜けるのか。このままだと私は発狂しちゃうよ。

百万通りに交差する波の中から、うまいこと兄の振動を掴まえた。私はそれに繋がれる。確信した。わかった。たった今、やり方がわかった。こんな簡単なことをなぜ今までできなかったんだろう。歌えばいいんだ。私の内なる音で共鳴すればいいのだ。私は叫ぶ。すると身体は一本の筒になって音を発する。骨が震撼《しんかん》する。身体中の細胞が沸き上がり震えだす。私が震えている。とても微細に美しく振動している。次第に兄の振動と共鳴していく。心拍数が上がる。鳥肌が立っている。歯が嚙《か》みあわない。震えが激しくなり止められない。別のものになってしまう。別の震えに変容してしまう。怖い。両腕で身体を抱いて必死で震えを止めようとするのだけれど止まらない。意識が変容していく。どうやって止めていいのかわからない。私は乗っ取られてしまう。もうだめだ。身体中の細胞が一斉に別のものに共鳴し始めた。

すでに私は私じゃないものになろうとしている。

突然、記憶の断片が割れたガラスの破片のように降ってきた。

小さな破片や大きな破片がどこか遠い彼方の闇《やみ》から回転しながら舞い降りてくる。破片は記憶を映している。それぞれの破片がある時間と空間の記憶を映しているのだ。記憶の破片は光を反射させながら私の脳の闇に際限なく降ってきた。

それは生々しい生前の兄の記憶だった。

蓄積された記憶が断片となって私の脳に送られてくる。記憶の洪水だ。制御しなくちゃいけない。記憶に押しつぶされる。だけど、その方法がわからない。

シロ、犬のシロが殴られて死ぬ。父に殴られて死ぬ。バットを振り上げる父。その体から禍々《まがまが》しいような赤紫の靄《もや》が立ち上っている。酒に溺《おぼ》れた父の魂が靄の中で叫んでいる。助けてくれと。シロの目が飛び出す。その眼球に映る兄の顔。血まみれのシロの尻尾《しっぽ》が揺れている。兄を慕って。どんなに兄が犬のシロを愛していたのかがわかる。兄の記憶、兄の視点は愛の視点だ。俯《うつむ》いたまま流し台に向かっている母の背中。その背中の青い靄。その首筋の細さ。腕の傷、落ちた肩。微細なまでの母に関する記憶。歩く母、話す母、笑う母。その背後にある悲しみや恨み。父の顔。酔って醜く崩れた表情、その奥にある憎しみや恐怖の影。父に関する様々な記憶、茶碗《ちゃわん》をもつ手、殴る手、叫ぶ口、壊す、罵《ののし》る、嘆く、嘲《あざけ》る。その断片的な映像。父が酔って嘲る時、言葉から黒い煤《すす》が立つ。真っ黒な塵《ちり》が言葉といっしょに湧《わ》き上がる。むせ返るような言葉の毒だ。吸い込むとひどく苦しい。息ができない。鉛色の兵舎のような学校、子供たちの剝《む》き出しの感情、ありとあらゆる感情が教室に渦巻いている。教壇の上から威圧する巨人化した教師、白目の生徒たち、割れるガラス、殴らないで、蹴《け》らないで、便器の饐《す》えた臭《にお》い、汚物の苦い味、身体《からだ》中に侵入してくる鉛色の粒、犯される、意識が犯される。助けて。遮断したい。誰もボクに触るな。入ってくるな。お願いだからボクにかまうな。ボクが消えてしまう。ボクが消えてしまう。がんばったよ、普通に生きようとした。そうしたかった。でも、やり方がわからない。どうしたらいいんだ。どうやって遮断すればいいんだ。なにもかもが入ってくる。共鳴してしまう。感情だ。世界は感情でできている。発狂する。侵入を止めるには、コンセントを抜くしかない。

コンセントが抜けた。兄が消えた。

突然、眼前に、光を透かしたセロファン紙のような青空が広がった。解放された。

私は今、私という身体を離れて純粋な意識として漂っている。静謐《せいひつ》な無の世界。なんという静けさ。

兄もこの解放感を味わっていたのだろうか、そして、ビデオの中の分裂病の少年も。このまま昇りつめて、あの青い空に溶けていきたいと思う。でも、そんなことをしたら私もきっと兄のように死んでしまうのだろう。

身体を離れた途端、私の記憶回路は世界と繋がった。私が誰であったのか、今ならわかる。

ひとたび肉体を離れれば、私は私であって私ではない。ひどく懐かしいような、それでいて悲しいような不思議な気分だった。

ごうごうと遥《はる》かな虚空《こくう》で風が鳴っている。

あの音こそが歌の始まりだった。風の歌は世界と共振しているのだ。地球の生き物はすべて風と共振して自らの音を出している。私はかつて風の歌を歌っていた。気流の鳴る音、それは地球の響きだ。私はそれを知っている。いつだったのか思い出せないくらい昔、私はとてもたくさんの人たちのために風の歌を歌っていたような気がする。繰り返し、繰り返し、この歌を歌うのが私の仕事だったような気がする。

風が吹くのは、風が大地を鎮《しず》めているからだ。

風こそが世界を鎮めているのだ。

風は世界を巡り、すべてのものの震えを運ぶ。風は雲を生み、そして雨を降らせる。

風と水が世界を精妙に震わせる。震えこそが命の源なのだ。

ああ、思い出した。そうだった。

風が吹き、雲が生まれ、雨が降るのは、それがこの世の祈りだからだ。

こんな大切なことを、なぜ今まで忘れていたんだろう。

気がついたら、ジャングルジムのてっぺんに座っていた。

もう陽はすっかりと落ちて夜になっていた。

公園を取り囲む住宅街の家々に灯《ひ》が灯《とも》っている。その上には赤黒い暗雲がたちこめていた。湿気をはらんだ風が吹いていた。プラタナスの葉が乾いた音を立てている。不思議なくらい、世界は静かだった。

私は膝《ひざ》を抱えたまま夜空を見上げる。

いったいどれくらいの間、ここにいたんだろう。私が見たものは何だったんだろう。夢なのか。幻影なのか。違う。紛れもない現実なのだ。なぜなら、今、私にははっきりと読み取れる。世界を満たす繊細で妙なる響き。ありとあらゆるものが震えているのがわかる。

頭上の大気は電気をはらんで揺れ動いている。私はその震えに自分の振動を合わせて声を発した。すると大気はゆっくりと私に共鳴し、渦を巻き、上昇気流が起こり雨雲が生まれた。

そして雨雲から銀色の雨が降りそそぐ。

顔に、髪に、肩に雨が降りしきる。

私は全身で雨を受け止める。

風が吹き、雲が生まれ、雨が降るのは、それがこの世の祈りだからだ。


東京の灯りを反射して、夜空は鈍く発光していた。

とぐろを巻いた蛇腹のような泥雲《でいうん》の中から、時おり低い呻《うめ》きが聞こえてくる。

あれは恐怖と憎しみの響きだ。

祈りも憎しみも世界には同時に存在するのだ。

そうか、やっとわかった。世界は幾重ものフィルターで構成された透かし絵だ。たくさんの位相が存在し、それらは重なりあって世界に陰影を与えている。

フィルターとは固有の振動だ。その震えにシンクロすればひとつひとつを取り出して見ることができるのだ。

重なることによって消えるものもある。発現するものもある。でも、すべて同時に存在して世界に陰影を与えている。リアルとは重なりあったフィルターの陰影のことなのだ。

世界は振動でできている。命はヴァイブレーションだ。

やっとわかった。すべてわかった。
笑いが込み上げてきた。こんな簡単なことだったのかと可笑《おか》しくてたまらない。
大声で笑った。笑いが止まらない。
ありがとう。すべてわかった。
もういい。
すべてわかった。
あらゆる微細な震えと私は感応する。
世界とのセックスだ。
これが「カイタイ」なら素晴らしい。祝福だ。
すべてを捨てろというなら、捨ててやろう。
もう何もいらない。私は世界と一つだから。
そう思ったら、服を着ていることすら疎《うと》ましかった。
なにもかも脱ぎ捨てて、唯一《ゆいいつ》の震える自分になりたいと思った。
靴を脱いで捨てた。指輪も、時計も、イヤリングも捨てた。
ポケットに手を入れると、携帯電話が入っていた。
捨てようとして、突然、山岸のことを、思い出した。

俺を思い出せ、と山岸がかけた暗示が作動したのだ。

電話を見る。液晶が緑に発光する。同時に強い電磁波が干渉してくる。

電話をもつ指先が燃えるように熱い。

電気の回路が読み取れる。すでにどんな振動にも私は瞬時に共振できる。そこに干渉することさえ可能だ。

ラインは繋《つな》がった。たぶん、山岸に。

山岸は私のカイタイを予測していた。だから私に暗示をかけたのだ。

俺を思い出せ。

ありがとう。私は思い出したよ。あなたのことを。

あなたの知っている朝倉ユキとして、最後にあなたのことを思った。

そして私は、携帯電話を夜空へと投げ捨てた。

22

最初に戻ってきた現実感覚は音だった。

闇の中に一本の青く発光する波線が現れて消えた。

それがだんだんと断続にリズムを描き、やがて音になった。

音楽かしらと思っていたけど、それは人間の声だった。

意味はわからない。

でも微妙なイントネーションや響きに込められているのは「不安」の感情だ。

それから匂《にお》い。血と消毒液の混じりあった匂い。

目をつぶったまま、しばらく聴覚と嗅覚《きゅうかく》だけに意識を集中していた。すると、ぼんやりと視覚イメージが構成されていく。不思議だった。見えるような気がする。いや、見ている。私は目を開けていないのに。

視点は、なぜか天井の隅にあった。音と匂いからだけで部屋が見える。

ああ、そうか。波動はホログラムのように全体情報を内包しているんだ。視覚イメージはどんどん鮮明になっていく。ドアが開く。足音、息遣い、それらはすべて振動だ。入ってきたのは山岸だった。点滴の量を確認して、それから私の顔を覗《のぞ》き込んでいる。

目を開けてみようと思った。

もし、これが夢でないのなら、目を開けたら山岸の顔が真っ先に見えるはずだ。試してみようと思った。

目を開けると、山岸がいた。

いきなり私の瞼《まぶた》が開いたので、山岸は驚いたみたいだった。

この人はこんな顔をしていたのだっけ。なんだか初めて見るような新鮮さを感じる。きっと私はちっとも彼の顔を見ていなかったんだと思った。目じりに細かい皺《しわ》がある。鼻の毛穴が赤い。まつ毛や産毛《うぶげ》の一本一本まで鮮明に見える。

「気がついたか、気分はどうや？」

山岸の声は気持ちいい。いい振動だ。気分は悪くない。だけどまだ身体には感覚がない。

「薬使ったで。えらく興奮してたからな。鎮静剤を大量に打ったぞ。あのままほっとくと筋肉組織を破壊しそうだった」

私は黙って頷《うなず》いた。

「あの状態で、よく俺に電話くれたな」

そう言って山岸は私の指先に触れた。この人は私を愛している。確信できた。こんなに私を愛している。だからここにいる。ああそうか、現実こそすべての問いの答えなのだ。

「私、どうしたの？」

思い切って声を出してみた。ひどく掠《かす》れている。咽《のど》が痛い。

「急性錯乱状態になった。住宅街を徘徊《はいかい》したあげく、公園のジャングルジムに登って服を脱いで投げ捨てた。世界の仕組みがわかったと叫んでたそうだ。世界は無数の着色フィルターだと。そして、見物人の見てる前で裸のままてっぺんから飛び降りた」

話を聞いてたら可笑しくて笑いが込み上げてきた。笑うと肋骨《ろっこつ》のあたりが激しく痛い。

「よく私を見つけられたわね」

「ジャングルジムのてっぺんからオレの携帯に電話が入った。たぶんトランスしながらも緊急用の自我が作動したんやろう。警察に電話して入院患者が逃げたと伝えたら、ちょうど都内某所に裸で騒いどる女がいた」

可笑しくて可笑しくて笑いたいのに身体《からだ》が痛くて笑えない。笑おうとすると痛みで涙が出てくる。

「しばらく何も考えずに休め」

そう言って山岸は私の額を撫《な》でた。

看護婦が入ってきて「先生、奥様がいらっしゃってますけど」と声をかけた。山岸の指先に動揺が走ったのがわかる。

「じゃ、また後でくるわ」

去って行く男の後を、その特徴のある体振動の軌跡を追ってみた。振動は少しの間は空間に残留する。山岸の振動は廊下に出て別の振動と出会った。

その振動は本田律子のものだった。

翌日には律子が病室にやってきた。

私の筋肉痛は前日よりひどくなっていた。痛みを感じるってことは、それだけ身体と頭が繋がってきたってことだろう。喜ばしいことだけど、練習なしでフルマラソンを完走したみたいだった。身体中の関節のネジがゆるんで、バラけて崩れ落ちそうだ。

心配そうに私を見る律子に「大丈夫だよ」と笑った。

律子は私の未来を心配している。それが伝わってくる。

朝倉ユキはこれからもこのような錯乱に見舞われるのだろうか、この先、彼女は普通に生きていけるのだろうか。一度決壊したらクセになる。この鎮静は続くのか、それとも一時的なものなのか。彼女は本当に病気ではなかったのだろうか。人格は荒廃しないだろうか。

律子らしくもない心配だ。今さら彼女が「普通の生活」という発想をもっていることがすごく可笑しかった。なぜだろう、なんでもかんでも可笑しい。

「大丈夫だよ律子。私はもう決壊しない。それに私は死なないから安心しなよ」

え？　と彼女は怪訝《けげん》な顔をした。

ああそうか、あれは彼女から聞いたことではなかったんだ。

「友達、死んだんでしょう？」

律子の顔から表情が消える。

「あなたがシャーマニズムの研究を始めるきっかけになった友達だよ。私みたいに錯乱して精神病院に入れられた友達。彼女、自殺したんだね。あなたが沖縄に行く少し前」

「なぜ知ってるの?」

恐怖が律子の身体から飛び散る。赤い粉のようなものだ。

「律子は言ったじゃない。この世界にはホストコンピュータがあって、すべての記憶が保存されている。だからそこにアクセスさえできれば、どんな記憶も呼び出すことができるって。律子の振動をもとに検索していくと、その友達の記憶も引き出せる。この世界はね、細かい周波数によって分類されてるんだ。すべてのものが振動によってデータ化されてる。意識も物体も」

律子が揺らいでいる。自分が言ったことなのに、この人は信じてなかったんだ。

「朝倉さんは、ホストにアクセスしたっていうの?」

私は首を振った。

「最初から、生まれた時から繋がってたみたい」

弱いけど拒否の反応を感じた。律子は嫌がってる。

別れの時がきていることがわかった。もう私は彼女を必要としていない。

「あなたの友達は、あなたにとても感謝してたよ。自分のことを理解しようとしてくれたのはあなただけだと、そう思っていた。彼女は狂ってなんかいなかった。コンセントを入れただけだった。そしたらいきなりアンテナが立って、いろんな干渉波を受信しちゃって、それで混乱したんだ。私みたいに。でも、決して精神病なんかじゃなかったよ。彼女にはきっとやるべきことがあったのに、それは阻止されてしまった。病気だからという理由で……」

「いつ、それを知ったの？」

いつだったかなあ。気がついたらわかってた。

「たぶん律子が友達の話をしてくれた時。あの時、私はすでに知っていたんだと思う。でも、意識化できなかった。情報は全部無意識に押し込められてたから」

「ごめん、うまく理解できない。じゃあ、あなたの話が真実の情報だというその根拠は？」

根拠、根拠ときたか、まいったなあ。

「えーと、律子は二人で観《み》た芝居は北村想の『寿歌』って言ったけど、実際は『寿歌2』ってのだったんじゃない？」

この時感じたのは、律子の驚きよりも羨望《せんぼう》だった。なんだ彼女はシャーマンを研究したいんじゃなくて、シャーマンに自分がなりたかったんだ。シャーマンに憧《あこが》れていたんだ。だから私に興味をもったんだろう。

「友達が死んだのはね、薬のせいだ。いっぱい薬を飲まされていた。興奮を抑えてぼんやりさせちゃう薬。彼女は病気じゃないからそんな薬でぼんやりさせなくたってよかったんだ。とっても辛《つら》かったと思うよ、身体が怠《だる》くて。薬のせいで意識が鈍っていて、それである時、何かの強い波長にシンクロしてしまった。私たちはね、自我を喪失させることなく無意識から強いエネルギーを引き出すコンセントなんだ。自我がとても大切な存在なんだ。それを薬で弱らせてしまった。だから悪い干渉波に影響されちゃったんだ。場所に残っていた死者の強い思念みたいなもの。その振動に共鳴しちゃったんだ」

泣いている。律子が泣いたところを初めて見た。

「そうよ。彼女は旅先のホテルの一室で、手首を切って自殺したの」

泣くことないよ律子。あなたが感じてたことは正しかった。彼女が死んだのはあなたのせいじゃない。事故だ。

「でも私は大丈夫だよ。山岸君がいてくれたから、ここでは精神病として扱われていないみたい。薬物治療も受けていない。身体が回復したら自分でなんとか生きていけると思う。だから心配しなくていいんだよ」

まじまじと私の顔を見つめてぽそりと律子が言った。

「朝倉さん、雰囲気が変わった」

「そう思う？　自分ではわからない」

「変わったわ。別人みたい」

なぜ律子はこんなにめそめそ泣くんだろう。

「そうそう、それから、山岸君の奥さんって、律子だったんだね」

わかりやすい女だ。いきなり耳たぶまで真っ赤になった。

「どうしてそれを？　山岸から聞いたの？」

「ううん。なんとなくわかっちゃった」

深いため息が漏れた。

「最初は隠すつもりなんかなかった。だっていちいち結婚相手のことをしゃべったりしないものでしょう？　まさか朝倉さんから山岸の話題が出るなんて思いもしなかった。でも、あなたから山岸の話が出た時になぜか正直に話せなかった。彼が学生時代にあなたに好意をもっていたことを知っていて、どこかで嫉妬《しっと》していたからかもしれない。本当はあなたと関わらせたくなかった。あなたは昔と同じように淫乱《いんらん》ですごく危ない女だった。はっきり言って私はあなたみたいな女が大嫌いだ。側にいてほしくない。ましてや男なんか取りあいたくない。勝ち目ないもの。それなのに、私も、山岸もあなたのことがとても気になって気になってたまらない。猛烈に興味をもってしまったの。お互いに別のベクトルでね」

律子はかわいそうな女だと思った。自分にないものを憧れ求めている。だから彼女は山岸と結婚したんだ。私に魅《ひ》かれたのと同じ理由だ。でも求める限り永遠に対象は逃げ続ける。

「山岸はね、あなたを愛してる」

「だから何なの？」

「悔しいわよ。殺してやりたいわ」

そう言って律子は自嘲《じちよう》気味に笑った。

たぶん、私は退院したら二人の前から永遠に消える。そうしなければいけないような気がする。そのことを今は悲しいとは思わない。

「私ね、退院したらすぐに沖縄に行ってみようと思うんだ」

「沖縄？　ユタ？」

そう。私には教えてもらわなければならないことがある。それは自分のことだ。自分のことがさっぱりわからない。これからどうしたらいいのか、何をして生きていけばいいのか、私は何者なのか、何一つわからない。それを探しに行かなければならない。

そう思って、また可笑《おか》しくなった。なんだ、私は何一つ変わっていないじゃないか。以前だって、私は何者かわからなかった。何をして生きていけばいいのかもわからなかった。

結局、自分っていうのは永遠の謎《なぞ》なのかもしれない。この肉体に宿る私という存在は、もしかして存在しないのか。あらゆる干渉波によって形成された、永遠に変化し続ける形なきものが私なのか。だとしたら主体的に生きること自体が無意味じゃないか。そうか無意味だったのだ。無意味こそ意味だったんだ。なんだくだらない。

くく……と一人で笑っていたら、律子の脅《おび》えた視線を感じた。

そんな目で見ないでよ。これが私なんだ。新しい私。いや、もともとの私かもしれない。

「そういえば、国貞先生から連絡があって、あなたのことを心配していたわ。電話しても留守のようだがどうしてるか知ってるか？　と聞かれて、つい実家に帰ってますって嘘《うそ》ついてしまった。だってこれまでの経緯をうまく説明できそうになかったから……」

「ありがとう。そのほうが好都合」

忘れるところだった。

もう一人、お別れを言わなければいけない相手がいたんだった。

特別のお別れを。


「調子はどうかな？　今日の気分は？」

一カ月ぶりだというのに、国貞の言うことはいつもワンパターンだ。私はうんざりして彼の前に大きく足を組んで座った。

「絶好調です、先生」

「それはよかった。この一カ月は体調を崩していたみたいだね。もう身体のほうはすっかりいいの？」

「はい。身体も、そして頭のほうもすっきりしてます」

「なによりだね」

国貞は注意深く私を観察している。職業的勘で私の変化を感じとっているのかもしれない。

「それで先生、突然なんですが、この分析は今日限りで終わりにしようと思っています」

一瞬面喰らったようだった。ふうとわざとらしいため息をついて頭を掻《か》くと「それはなぜ？」と聞き返してきた。

「必要がなくなったからです」

「どう必要がなくなったのかな？」

「あらゆることがわかったから」

清々《すがすが》しくそう言うと、国貞は「こいつはヤバい」と思ったらしい。椅子《いす》に座り直すとカウンセラーは重々しい声で言った。

「もう少し、詳しく話してくれるかな」

詳しく……。何を話せばいいんだろう。少なくともこの男の脳味噌《のうみそ》で理解できそうなことは何もないように思える。

「ん。それよりも、私が先生にお聞きしたいことがあるんですけど」

「何だろう。聞いてください」

身を乗り出した国貞に、私は笑いながら言った。

「先生は私のコンセントにペニスを突っ込んで、いつも何とアクセスしてたんですか？」

国貞の顔に激しい動揺が走った。

「どういうことかな？　言っている意味がよくわからないが」

「だからあ、セックスの時に私のヴァギナにペニスを突っ込んで、何とアクセスしてたか、って聞いてるんですよ。何かとアクセスしてたんでしょう？　だって私の身体はコンセントですから。プラグを差し込むといろんなものが流れてくるんですよ」

「朝倉君、そんなふうに考えるようになったのはいつからかな？　それは君が考え出したことなのか？　それとも誰かに言われたのか？」

　国貞の目元が紅潮して赤くなってる。

「もちろん、私の妄想ですよ先生。私の無意識的データを意識が言語化してしゃべってるんですよ。だから妄想なんです。でも、無意識って何でもアリなんでしょう？　先生。原始時代の本能、殺人衝動、抑圧された性欲、集合的記憶、ね、何でもアリの四次元ポケットなんでしょう？　だったら真実だっていっぱい詰まってるかもしれないじゃないですか。私、わかったんですよ。自我が正常に機能しつつ無意識からのデータを言語化、視覚化、音声化することが可能なら、人間は何でもできるって。ただ、まだその変換の仕方がわからない。実は無意識ってのは端末なんです。どっかにあるホストとアクセスしてる。だけど、そのアクセスの仕方もわからない。マニュアルがないんでね。とはいえ、妄想はバカにできないですよ、先生。妄想は精神病者の専売特許じゃない。妄想にもっと光を！　ですよ、国貞先生」

「どうしたんだ、朝倉君。今日の君はちょっと変だぞ」

「変なのを扱うのが先生の仕事じゃなかったですか？」

ははははははと笑うと、国貞の顔に恐怖の色が滲《にじ》んだ。

「怖がらないでよ、先生」

私はゆっくりと椅子から立ち上がった。

「怖がってはいないよ、ただちょっと驚いている」

「さあ、思い出して先生。あたしとのセックス。気持ちよかったでしょう。あの時、何を感じてた？　それとも、もう一度あたしのコンセントに挿入してみる？」

国貞の記憶がフラッシュバックしているのがわかる。

読み取ろうとするけれど視覚情報には変換できない。だが雰囲気だけはわかった。

甘い肉の塊。白くて柔らかい肉の塊だ。

ああそうか、母親だ。こいつは私とセックスしながら母親に抱かれていたのだ。

「そうか、先生ってマザコンだったんですね。いつも私のオッパイを舐《な》めながら本当はオフクロさんのオッパイを吸っていたんだ。ああ、だから性交に罪悪感を覚えて、一人でオナニーしながら射精してたんですね」

フロイト流に言うと口唇期《こうしんき》におけるリビドーエネルギーの失調ってやつだな。

「な、なにを言うか、失敬な。どうかしてるぞ君は」

「単なる妄想ですよ。先生、何を怒っているの？」

「俺を挑発するのか？」

声が裏返って泣きそうになっている。

「先生は私に捨てられたことで、母親に二度捨てられたんですね。確か先生のお母様は早くに亡《な》くなってますものねえ。その恨みがこもっているわけですね」

「いいかげんにしろ、ユキ」

「先生、私の妄想もまんざらじゃあないでしょう？」

私はスカートをたくしあげると、ゆっくりパンティを脱いだ。

「静かにしないと人がきてしまいますよ、先生。最後のお別れがしたくないんですか？」

そう言って、近づいて行き、国貞の頭を胸に抱きしめた。国貞は子供のように泣きじゃくっていた。ズボンのジッパーを開けると、もうペニスは硬くなっている。ブリーフの裂け目から取り出してその上にじわじわと腰を沈めた。びくんびくんとペニスが痙攣《けいれん》して脈打っている。

「おっぱいも舐めたい？」

うんうんと男は夢中で首を振る。ブラジャーを引き上げ、乳首をしゃぶらせてあげた。男は腰を振りながら夢中でしゃぶりついてくる。気をイカせて男と感応すると男の甘い快感に引きずり込まれる。

すごい。なんて人間は自堕落で官能的な幻想に酔いしれることができるのだろう。

あ、そうか。感応こそ官能なんだ。

男は母親の胸に抱かれた幼児期の記憶に埋没し、退行していく。愛の記憶の再現は周囲から大量の生命エネルギーを吸収し、男の精神に注ぎ込んでいる。どくどくとエネルギーが男を満たしていく。憎しみも悲しみも苦痛も押し流すほどだ。

これが癒《いや》しの本質なのか。

毎日が発見の連続だもの、面白くって笑いが止まらない。

「先生、私、先生に感謝してます。先生に出会わなければ私はセックスに目覚めなかった。官能を知らない限り、感応には至れなかったと思うの。って言っても何のことか先生にはわからないだろうけど」

ほどなく男は絶頂に達して私の中に射精した。

「あーあ、中に出しちゃった。先生、もし子供が生まれたら先生のところに送るから、ちゃんと育ててね」

放心したまま、男はかすかに頷《うなず》いた。その至福の表情は赤ちゃんみたいだった。私は国貞のネクタイで性器に付着した精液を拭《ぬぐ》った。パンティを引き上げ、服の乱れを直す。

「じゃあね、先生。今度こそ永遠にさようならです」

くるりと回転椅子を回してブラインドのほうを向かせてあげた。誰かが急に入ってきてぶら下がったペニスを見られたら困るものね。

バタンとカウンセリングルームの扉を閉める。

まだ身体《からだ》が疼《うず》くように快感を求めているのがわかる。私は食物エネルギーの替わりに、別のエネルギーを食べている。他者と感応することによって得られる生命エネルギーは、食物の摂取量を減らすようだ。

究極のダイエットは、セックスか。

そう思うとまた笑いが込み上げてくる。すごい昂揚感《こうようかん》だ。生まれてからこんなに充実して楽しかったことは一度もない。何もかもが新鮮だ。ハイになっている。エネルギーが身体を貫いて大地に真っすぐに抜けているのがわかる。それを遮っていたものが消滅したのだ。

23

シートベルト着用のランプが消えた。

飛行機は沖縄に向けての航路に乗ったらしい。ベルトをはずして足下のバッグから茶封筒を取り出した。中にはコピーした十数枚のレポートが入っていた。

表紙には「ユタ（上地ミヨ）のライフ・ヒストリー口述記録」と書いてあった。昨日、律子から速達で送られてきたものだ。

用紙全体にまだうっすらと律子の波動が残っている。なんだか何十年も前の記憶のように懐《なつ》かしく感じた。

ページをめくると、ワープロの文字がぎっしりと並んでいる。

ライトを点《つ》けて私はその文字を読み始めた。そこには、シャーマン上地ミヨの数奇な人生が記されていた。

身体の不調、持病の偏頭痛、子宮筋腫《きんしゅ》による子宮摘出、度重なる家族の不幸、結婚、そして離婚、実家の火事騒動、大火傷《おおやけど》による仮死体験、そして息子の不慮の死。災厄のオンパレードのような人生だ。

レポートの最後には律子による注釈が付いていた。

「長男の死後、口述者は『カミダーリ』と呼ばれる激しいトランス状態を経験する。そして、親類によって縁続きのユタのところに連れていかれる。ユタグトゥ（ユタ事＝ユタの行う巫儀《ふぎ》）によって、『カミンチュ（ユタになるべき者）』として認められた彼女は、七年にわたる長く苦しい探索の後、独自の神的体系を構築していく。そしてついにチヂ（＝守護神）と出会う。以降、チヂ（彼女においては白い龍神《りゅうじん》）が彼女の憑依《ひょうい》人格となる」

憑依人格って、何だろうと思った。アクセスする時のモデムのような役割をしているんだろうか。たとえば無意識からの情報を、憑依人格というイメージに投射して言語化しているということだろうか。それとも、本当に神様がいるのだろうか。もしいるのなら、ぜひ会ってみたいものだと思った。神様とやらに。

宮古島には本土とは異質の振動がある。

それは地底から湧《わ》き起こる地響きのような強い振動で、降り立っただけで足下が揺らぐ気がした。この土地独自の振動があるのだ。それが沖縄を沖縄たらしめている。きっとユタは、この土地の振動に感応している人々なんだろう。

タクシーの運転手に「上地ミヨ」の住所と名前を告げるだけ。何の説明もいらなかった。

私は十五分後には上地ミヨの家の前に立っていた。そこは海にほど近い集落からはずれた一軒屋で、家の前には巨大なガジュマルが無数の気根を垂らしてそびえ立っていた。

守り神みたいだ。

シーサーの置物が屋根の上から見下ろしている。独特の甘酸《あまず》っぱい果実と獣の匂《にお》いがした。

家の前で声をかけると「はい」という返事とともにサッシの引き戸が開いた。出てきたのは中年のオバサンで、どうやら手伝いの人らしい。

「東京から本田律子さんのご紹介で伺った者なのですが」と挨拶《あいさつ》をすると、オバサンはニコニコ笑いながら「どうぞ」と家の中に招いてくれた。

入って行くと狭い土間の先に奇妙な祭壇があり、その周りは酒瓶やらジュースやら果物、多くの折り詰めで足の踏み場もないほど埋め尽くされている。

そして、祭壇の前に少し小太りの女性がちょこんと座っていた。

身体は小さいのだけれど、その体内にはち切れるほどの巨大な質量を感じる。ああ、この人は小さいけど、ものすごく密度が濃くて重いんだな、って思った。

その質量が、あたりの空気にまで影響を与えている。

高密度によって自分の磁場を形成しているみたいだった。

「東のほうから、とても強い光がくるとお告げがありました。待っていました」

ミヨはそう言って人なつこく笑った。

私は黙って頭を下げた。

ミヨの隣に上がるように促され、私は靴を脱いで座敷に座った。

挨拶も何もナシだ。いきなり神事が始まった。

ミヨは「はあっ」と大きく呼吸をして、それから自分のスイッチを入れた。

何かの振動に自分を同調させようとしているのがわかる。

何に同調させようとしているのだろう。

私は自分もいっしょに、そのものに同調してみようかと思った。

感応しようとすると、いきなり身体中の血が沸騰《ふっとう》した。慌《あわ》てて気をはずす。

心臓が止まるかと思った。こんなことは初めてだ。この振動には同調できない。たぶんこれは血の振動なんだ。同じ血をもっている人間でなければこの振動には同調できないんだ。


ミヨは左手で膝《ひざ》を叩《たた》いて拍子を取りながら歌を歌い始めた。

その歌は沖縄の方言で語られているらしく、私にはまったく意味が理解できなかったけれど、何を歌っているのかは音の響きで理解できた。


それは、誰かを呼んでいる。

地底の奥深いところに眠っている地球の魂のようなものを呼んでいるみたいだった。

土、水、マグマ、そして死んだ人間、それら地下を支配するものたちのエネルギーの振動に共鳴しようとしている歌だった。

地下からまた、地響きが聞こえてきた。

空港で感じたものと同じだ。

それがミヨの身体を貫いていく。彼女はその質量で地響きの波動を受け止めて変換している。

すでにミヨには意識はなく、完全なトランス状態に入っていた。

なぜわざわざトランス状態に入るんだろうって思った。意識を失ったら自分が危険なのに。

ああ、そうか。憑依人格によって振動を変換するのは、きっと彼女の自我がこの変換作業に耐えられないからなのかもしれない。だから別人格を借りているのだ。そうやって、この凄《すさ》まじい地のエネルギーを変換して人々のプラグに流し込んでいるのかもしれない。

だとしたら、神様ってのは波動を変換するための道具にすぎないんだろうか？

ミヨが変換した大地の波動が、私の中に流れ込んできた。

これなら受け入れられる。さっきとは違う電圧になっている。

私の細胞が少しずつ震え方を変える。私の内側が変容していく。

でもう大丈夫、私は変容を見ていられる。感じていられる。この私のままで。

さあ出てこい、何を見せてくれるのだ、沖縄の神様。

現れたのは兄の死体だった。

私が見ることがなかった兄の死体。それがあのアパートの台所のPタイルの上に転がっている。

死体はまだ新しい、まだ血の気を失っていない。生きているように見える。まだ生命エネルギーが身体からわずかに放出されている。コマ送りの映像のように、兄の身体はみるみる硬直していく。時折死後硬直のために関節が動く。どんどん皮膚の色が変化する。身体中の穴から血が流れ出し、皮膚は青黄色く濁っていく。そのうちに腐敗が始まる。

口の中に細菌が繁殖し、蛆《うじ》がわき始める。兄の身体は膨大な微生物の住み処《すか》となる。それら微生物が兄の腐敗を進める。そして肉体は急速に分解され、形を留めなくなり、崩れ落ち、風化する。

そして骨だけが残った。

分解された肉体は土に還《かえ》り、さらにバクテリアによって分解され、養分となり、地下水に染《し》み出し、沢になり川になり海に流れ、やがて蒸気となって空に昇り、雲になり、あるとき慈悲のような雨となって、降り注いでくる。

雨、雨、雨。降り注ぐ雨。浄化の雨。私はそれを頬に受ける。

風が吹き、雲が生まれ、雨が降るのは、それが祈りだから。

いつのまにかミヨの歌が終わっていた。

「おわかりになったでしょう？」

私の目を真っすぐに見つめてミヨが言った。

「これが、魂鎮《たましず》めです」

私は黙って頭を下げた。

ずっと知りたいと思っていた。祈りとは何かを。それが、今やっとわかった。ミヨの前に深く深く頭を下げた。こんなに深く礼をしたのは生まれて初めてかもしれない。下げても下げても足りないと感じた。感謝とはこれほどの快感だったのか。私は長いこと本当に感謝することができなかったんだ、あまりに自我が幼すぎて……。

「私にはあなたに教えるべきことは何もありません。あなたはとても新しい命です。私たちとは違うものをもっている。私たちが古い自然の巫女《みこ》なら、あなたは新しい地球の巫女の卵なのかもしれない。あなたがふと考えたように、私たちユタは、神懸かりになってユタグトゥを行います。それはずっとずっと古い時代から伝えられ教えられてきた方法でした。何千年も前から私たちはこのような方法で神と繋《つな》がっていたのです。でも、最近はユタが神懸かりになり、荒れ狂ったような状態になることを受け入れない人々が増えてきました。この沖縄でも、私たちの存在を健全ではないと考える人もいます。そのような人たちによって新しい宗教も生まれているようです。ですが、私たちは神懸かりにならずに神と繋がる方法を知りません。でも、あなたは知っているようです。そのように生まれついているようです。たぶんこれから、あなたのような方々がどんどん生まれてくるのだと思います。新しい自然が生み出した新しい巫女です。最初の祈りから、数千年の時間が経過しました。地球も変貌《へんぼう》しているのだから巫女のあり方も変わるでしょう。だとすれば、私があなたに教えることはありません。あなたはあなたの方法であなたの仕事をまっとうすればいいのだから。私は今、あなたに魂を鎮める鎮魂の祈りを伝えました。私がお伝えできるのはせいぜいこれだけです」

私は顔を上げてミヨに尋ねた。

「じゃあいったい、私がするべきことは何なんでしょう」

ミヨは、ほほほほほと甲高《かんだか》く笑った。

「知ってたとしても、そんなこと教えてあげません」

それを聞いて、私も思わず吹き出した。まったくその通りだ。

「ところで、死んだお兄さんがあなたの導き手のようです」

「導き手？」

「あなたに何かを知らせて、あなたが変わるきっかけを作るためにこの地上に強い思いを残していかれたようです。それを解いておあげになったらいかがでしょうね」

私なりにミヨの言葉を翻訳してみた。

つまり、兄は私を成長させるために、この世にたくさんの振動を転写して残して死んでいったということらしい。

だとしたら、私は兄が残した振動に感応して兄の幻覚を見たのかもしれない。そして彼女はその振動をこの地上から解放しろと言っているのだ。

振動の解放、そうかそれが鎮魂ということなのだ。

「どうやったら、いいんでしょう。私にそんなことできますか？」

ミヨは力強く頷《うなず》いて言った。

「よく覚えておきなさい。大切なのは場所です。場所を探してそこに行けばいいのです。正しい場所に立てば人は必ず正しい行いをするのです」

24

夜明け前の空気は冷たかった。

寒いはずだ。だって十一月ももうすぐ終わりなのだから。はあはあと吐く息が白い。

私は真っ暗な畦《あぜ》の中、小さな水銀灯に照らされた無人踏切りの前に立っていた。

兄と会うための正しい場所は、ここ以外にないと思った。

初めて兄の幻覚を見たのもこの無人踏切りだ。

午前五時、夜明けが近いらしく、植物が目覚め、呼吸を始めようとしている。大気中の酸素量が増えているのを感じる。空気が濃い。

植物が目覚めると、生き物も目覚めるらしい。鳥や虫たちの気配がわかる。

なぜこの時間を選んだのかは自分でもよくわからない。きっと夜明け前だと思った。

夜と朝の間、この時間帯がきっと一番、封じ込められた振動を解放しやすいような気がした。

すうっと深呼吸をして、右手を天に向かって差し上げた。

このほうが感じ取れると思った。すべて勘だ。だってマニュアルがないのだから。

神経を右手に集中して兄の振動を探した。注意深く、ゆっくりと。草や木や微生物や虫、鉱物、水。そんなものたちの幾重にも重なった波動が夜明けを形成している。

その中に潜む兄の波形を探した。

あった。

目を開けると、兄が踏切りの向こうに立っていた。

私の意識はすでに兄が兄であることに囚《とら》われなくなっていた。あるがままを受け入れてみると兄は兄であり、そして兄じゃない。人間としてのなにもかもを削《そ》ぎ落としてしまうと、兄の本質はせつないような優しい魂となっていた。

「やっとここまできたよ」

私は心の中で呟《つぶや》いた。

「あなたのおかげだね。ありがとう」

私は細胞の振動を変化させて兄の波形に感応する。すると、無人踏切りに転写されていた兄の波動から、兄の思いが伝わってきた。

同じ資質をもつきょうだいなのに、私たちはお互いの自我を守るために精一杯だった。だから、響きあうことができなかったね。とても残念だ。

私たちはずっと脅《おび》えて生きてきた。

自分たちのナイーブさを恨みながら。世の中の傲慢《ごうまん》さを憎みながら。ただ外からの刺激に犯されないように、じっと殻をかぶって生きてきた。だって、少しでも気を抜いたら人間の感情という恐ろしく強い振動に干渉されちゃうから。侵入されて、犯される。自我が乗っ取られてしまう。たくさんの誤解を受けた。生きがたかった。でももう終わった。

あなたがいてくれたから、私は新しい意識を手に入れた。

古い殻を脱ぎ捨てることができた。

感謝します。


しらじらとあたりが明るくなってきていた。

私は祈りの歌を歌った。

この歌をどこで知ったのだろう。歌というよりもこれは音だ。

ごおごおと風が鳴いているような音だ。

地球が回りながら歌っている子守歌だ。

風が大地を鎮めている。

風は世界をめぐり、雲を生み、雨を降らせる。

そして大地を鎮めている。


音の響きと残留していた兄の振動が共鳴しあう。

二つの音は別の振動に生まれ変わり、倍音となって立ち上がる。

そして、天上へと吸い込まれるように消えていった。


頬に暖かな光を感じた。


夜明けだ。

盆地を囲む山々の稜線《りょうせん》が燃えている。

群青色《ぐんじょういろ》の空にオレンジの陽光が輝き、世界をあかあかと照らし始めていた。

暖められた空気は湿気を帯びて田畑から湧き上がる。

土の中に生きている無数の生物たちの匂《にお》い。いやそれだけじゃない。家々からも、コンクリートからも、川や下水からも、むんむんと生物の匂いが湧き上がってくる。

夜明けを喜ぶ青々しい命の匂い。むせかえりそうだった。

生きるものすべてが匂いを発し、世界がその匂いでうわんうわんと共鳴している。

柔らかな光の中で、私はオゾンを含んだ空気をめいっぱい吸い込んだ。

そして肺から空気を吐き出しながらじっくり匂いを味わった。なまもののような空気だった。

あっ、と思った。

大気の中に兄の臭《にお》いがする。あの腐乱した死体の臭いだ。

私は神経をただ匂いにのみ集中して、死を嗅《か》ぎ分けようとしたのだけれど、不思議なことにそれは、すべての匂いの中に偏在しているみたいなのだ。もうそれ以上に分けることができないほど細かな粒子となって、生き物のすべての匂いの中に死臭は遍在していた。

でもそれは、決して悪臭ではなかった。

25

あんなに嫌いだった渋谷の街に、今、私は住んでいる。

この街にはかつての私や、それから兄みたいな人がいっぱいいるからだ。みんな自分を守るために殻をかぶっている。そうしないと侵入されてしまう。

私は、私や兄やそれから彼らを「コンセント」と呼ぶようになった。

「コンセント」にとっては、親もきょうだいもみんな侵入者になる。身近な人間の感情に感応してしまうのだ。「コンセント」は他者の感情に翻弄《ほんろう》されて生きている。誰のせいでもない。感応しやすい体質に生まれているのだからしょうがない。だが、本来の「コンセント」は類《たぐ》い稀《まれ》なる世界との感応力をもつシャーマンだ。

自我がひ弱な「コンセント」は狂人にされていく。ちょっと自我が強い「コンセント」は私みたいに取り繕いながら苦労して生活していく。どちらにしても社会に適応するのに苦労する。変人扱いだ。

「コンセント」が長い間、他者の感情を遮断し続けていると人間嫌いになる。ブラインドを降ろした「コンセント」は、傍《はた》から見ると刹那《せつな》的で利己主義に見える。「コンセント」はその性質からトランス状態になったり、キレたりすることも多い。危ない人間だ。およそ理解されがたい。だが、覚醒《かくせい》した「コンセント」がもつ感応力は、人間のトラウマを瞬時に癒《いや》すほどの力をもつ。そんな人たちが、都市にはたくさん埋もれていて、私はそういう人たちと出会って、振動のことや、解体のことや、どうやって感応したらいいのかを教えるようになった。

インターネットでホームページを開いて私の体験を公開したら、とてもたくさんの「コンセント」たちからアクセスがあった。

一番、問題なのは、解体する時だ。

解体しても自分はなくならない、大丈夫。解体によって変わるのは意識のOSなんだ。でも魂の本質は変わらない。もともと「コンセント」の自我は欲望が希薄なのだ。欲望をもっているとしたらそれは誰かの欲望に感応しているだけなのだ。だから「コンセント」は解体しやすい。山にこもって厳しい修行をしなくても、今ここで解体できる。だから解体とは「コンセント」にとっての自己実現なんだ。

そう伝えても誰もがひどく怖がる。でも、どんなに怖がっていても、解体は起こる時には起こる、準備さえ整えば。それがいつ起こるのかは、その人にしかわからない。だけど、ある日突然に起こる「解体」が何なのかを知っているほうが、何もわからずにトラウマをでっち上げられ、あげくの果てに精神病院に入れられてしまうよりずっとマシだろう。

ここまで入力したら、玄関のチャイムが鳴った。

お客さんがきたみたいだ。

「はあい」と返事をして、パソコンから離れる。それからチェーンロックをしたまま扉を開けて紹介状を確認する。チェーンをはずして、相手を部屋の奥へと通す。

ここを訪ねてくる人の多くは、二十代〜三十代の会社員だ。時にはもっとオジサンもいるけど、私はあまりオジサンには興味ない。もう時間が少ないのだ。年寄りの魂を癒したところで未来にメリットはない。

今日のお客は三十三歳の会社員らしい。ひどく疲れている様子だった。私は男をカウンセリングルームと呼んでいる部屋に案内する。

何もない部屋。窓には白いブラインドがかかっている。ソファセット、それから小さな簡易ベッドが置いてある。

男は落ち着かない様子でソファに座っている。初めてで緊張しているみたいだ。

「大丈夫ですよ」

と私は笑う。

「こういう場所は、実は初めてなものですから……」

額の汗をさかんにハンカチで拭《ぬぐ》っている。

「あの……、本当に一万円でいいんですか？」

私はブラインドを降ろし、ゆっくりと男に近づいてネクタイを緩めてあげる。

「いいのよ、お金のことは。半分ボランティアだから」

男の鼻の穴が膨らんだり縮んだりしている。

「どうして、あなたは、こんなことをしているんですか？」

私は男の服を脱がせながら、なぜだか可笑《おか》しさが込み上げてしょうがない。

「なぜかしらねえ。ずっと昔からたくさんの男と寝るのが仕事だったような気がしてしょうがないの。ねえ、思わない。世の中って女のヴァギナが変えてきたって。戦場で男に勇気を与えたのもココでしょ、それから数限りない侵略者を受け入れて新たな混血を作り、世界を統合させ続けているのもココでしょ。だからね、ココはこの世界のコンセントなの。エネルギーの供給口」

こういう質問をよく受ける。チャックを降ろすと、男のペニスはまだ柔らかい。くだらない質問をしているからだ。

「あなたは、その、悲しくはないんですか？」

男は妙に切羽詰まった声で言う。変な奴《やつ》だ。顔を見ると、演技中のダスティン・ホフマンみたいな間が抜けて悲しそうな顔をしている。そういえば、こんな顔を見たことがあったような気がする。いつだったろう……。解体前の記憶はずいぶんと曖昧《あいまい》になってきてしまった。

「悲しくなんかないよ。『コンセント』は感応することで生きているんだもの。もちろん何に感応するかは個人の趣味だけど……。私のは単純明快なの」

私は男のペニスを口に含んでていねいに舌でしごいた。口の中でそれはむくむくと大きくなって震えている。そうそう、もっと震えなさい。自分の振動で震えなさい。それがあなたの生きる力を引き出している。あなたの生命の振動を思い出しなさい。

この男は私に触れて、どんな官能を呼び覚ますのだろう。私は考えただけで濡《ぬ》れてくる。

さあ、コンセントに差し込みなさい。

終わり、そして始まり。——新潮文庫版あとがき

この小説は、どこまでが事実なのですか？

『コンセント』を発表して以来、よく受ける質問である。どこまでが事実か。兄がひきこもりの末に餓死したことは事実だった。そして、その部屋には、コンセントにつながったままの状態で掃除機が置いてあったことも事実だ。それ以外のことはおおかた私の妄想なのだが、妄想を文字にしてしまうと、だんだんとそれが現実にあったことなのか、それとも私がでっちあげたことなのかわからなくなってくるから不思議だ。小説のなかのことが現実味を帯びていて、どちらかといえば事実よりもずっと現実に近い感覚。人間の記憶ってあんがいと思い込みでできているのかなと思う。この先、二十年、三十年たったら思い込みを事実だと錯覚して老いていくのかもしれない。

今年は兄の十三回忌にあたり、その年にこうして新潮文庫として再びこの小説が世の中に出るというのは、妙に因縁めいたものを感じてしまう。もうあれから十二年が

経《た》ってしまったのか。単行本としてこの小説を発表したのは二〇〇〇年六月だった。この作品は私の初めての小説作品であり、この作品をきっかけにして、いわゆる文筆業の生活に入った。ちょうど七年。作家としても一区切りという気がする。いろいろな意味で、今年はひとつの終着点。そして、再びスタートラインに着いたような、そんな気持ちだ。

以前に、精神科医の加藤清先生と対談したとき、加藤先生がこの作品をこんなふうに評した。

「とても面白いですけれどね、この小説は飛んでいって、戻って来ない。戻って来なければだめですね。遠くに行けば行くほど、戻って来ないとね」

飛んでいったきり戻って来ない。

加藤先生はそれ以上の説明をしてはくれなかった。お会いしたのは確か二〇〇一年のことだったと思う。以来、ずっと加藤先生の言葉の意味について考えていた。戻って来ないとはどういうことか。トランス状態を経てシャーマンになってしまった主人公のことを言っているのだろうか。いや、そんな単純なことではないだろう。行ったら戻って来る……しかし、どこへ？

ところで、この小説のラストについてはかなり賛否両論があり、なぜこのラストなのか、その意図はなにか、と質問されることが多かった。正直なところ書いていたらこのように終わってしまったので、自分で強く訴えたいことがあったわけではない。こんなラストになるなんて私自身も思いもよらなかったのだ。初めて書いた長編小説だったので、終わってくれた時はホッとした。書いている途中はどうやって終わったらいいのかわからなかった。

ほとんどの場合、自分の書いている小説がどのように終わるのかわからないで書き始める。プロットとか、あらすじのようなものもあまり考えない。なんとなく、こういうことを書きたいという大まかなイメージだけを捉《つか》まえて、あとは勢いにまかせて一筆書きのように書いてから細部の描写を加えていく、というのがデビュー以来の執筆のスタイルだった。小説というものをどう書いていいのかいまだにわからないので、書くたびにとまどう。一度、プロットというものを作ってみたが、書き上がった小説に愛着がもてず借り物のように思えた。この方法は自分に向かないのだなと思った。なので、小説を書く時、特に長編小説の場合は「ほんとうにちゃんと終わることができるんだろうか」といつも不安だ。どう終わってくれるのだろうか。なんとか終わってくれ、と思う。

『コンセント』は最初の長編だったから、無我夢中で書いて気がついたら終わっていた。なので、書いてしまったあとで、なぜこういうラストになったのか、自分なりに理由を考えてみた。自分で書いておきながら理由がわからないというのも妙なのだが、そんなものなのだ。

とうとう娼婦《しょうふ》になってしまった朝倉ユキの生活は、作者から見ても幸せそうには見えない。なぜだろうか。彼女は自由になったのではないか。自己を解放したのではないのか。シャーマンとして開花したはずの彼女が、なんだかパッとしない。彼女はまだなににも到達していない。なにも手に入れていない。トランス体験によって自分の潜在能力を発現させたかもしれないが、そのことが彼女の人生とうまくリンクしていない。朝倉ユキは、まだ中途半端《はんぱ》なところにいて、生きるということを背負っていない。つまりは、ある特殊な能力を開花させたとしても、それが人間として生きる上でたいして役にたつわけでも、生きやすくなるわけでもないという、かなり投げやりなラストのような気がした。

もしかしたら、そのことを加藤先生に「戻って来ない」と指摘されたのだろうか。

小説を書いて七年も経つと、ずいぶんと心境も変化するものだ。この本を書いた当時、苦しく生々しかった兄の記憶も薄れつつある。そして、記憶が薄れるにつれて、夜に見る夢のなかに死んだ兄がよく登場するようになった。まだ死の記憶が色濃かった頃にはめったに兄の夢など見たことがなかったのだが……。

改めて読み直してみると、この小説のなかで兄はすっかり「幽霊扱い」である。その幽霊に脅《おびや》かされながら、主人公の朝倉ユキはなんとか精神的な危機を脱しようともがいている。書いているときは気がつかなかったが、これは当時の私の状況をトレースしているのだな、と今になって思う。小説を書いた当時は、なんとか兄の死を理解しようとして書いたつもりだったが、結局のところ兄がなぜ死んだのかということは、この小説では全く解明できていない。

その理由は、七年を経たいまよくわかる。私は「兄はなぜ死んだか?」について問うていたけれど、「兄はどう生きたか?」についてまったく無関心だった。しかし、人間というのは「どう生きたか」の延長線上に死というものが存在するのであって、兄の「死」をいくら分析してみたところで、兄の「生」について知らなければ死は永遠の謎《なぞ》なのである。朝倉ユキという主人公の目で、兄の存在を追いかけていたものの、いったい兄が何を嘆き、何に喜びを見いだし、人間としてどう生きたかについて、私はなにひとつ描いていないことに気がついた。でも、それを描かない限り、兄はなぜ死んだか、という答えを出すことはできないだろう。答え、というのはないのかもしれない。兄がどう生きたかについて描くことは、すでにその生のなかに死が内包されているはずだ。死とはそのようなものだと、七年を経て思い至るようになった。とはいえ、七年前の私は「死」に取り憑《つ》かれており、それが「生」の一部であることに考えも及ばなかった。この作品は「死」の暗い淵《ふち》をさまよい歩いて描いた小説である。かろうじて、こちら側との接点は「性」であった。

朝倉ユキという女性は、この後、どうなるのだろうか。それは、数年前から気になっていたことだった。あっちの世界に行ったままになっている朝倉ユキを、こちら側に戻してこなければならない。そう思うときがある。

遠くに旅をしたら、戻って来なければならない。

海王星軌道の外へ飛び出して再び戻ってくる冥王星《めいおうせい》のように。冥王星は昨年、惑星からはずされてしまった。確かに惑星としては小さいけれども、私は唯一《ゆいいつ》、太陽系の外へ出て行き、二百四十八年もかけて未知なる力を携え戻ってくるあの星が好きだった。占星術では冥王星は「破壊と再生」の星である。朝倉ユキという主人公が認識外の力を携えて「いまここ」に帰って来る。そんな小説をいつか書いてみたいと思っている。

今回、文庫化にあたって、デビュー以来ずっと伴走者のように見守ってくださった、新潮社文庫編集部の北村暁子さんに心からお礼を申し上げます。私にとって最も印象深い大切な作品である『コンセント』が、新たな読者のみなさまの手に届くことを、ほんとうにうれしく思っています。

二〇〇七年七月三十一日

田口ランディ

この作品は二〇〇〇年六月幻冬舎より刊行され、二〇〇一年十二月幻冬舎文庫に収録された。

コンセント

新潮文庫　た-75-7

平成十九年十月一日発行

著者　田《た》口《ぐち》ランディ

発行者　佐藤隆信

発行所　株式会社　新潮社

郵便番号　一六二—八七一一
東京都新宿区矢来町七一
電話　編集部(〇三)三二六六—五四四〇
　　　読者係(〇三)三二六六—五一一一
http://www.shinchosha.co.jp

価格はカバーに表示してあります。

乱丁・落丁本は、ご面倒ですが小社読者係宛ご送付ください。送料小社負担にてお取替えいたします。

印刷・錦明印刷株式会社　製本・錦明印刷株式会社

ISBN978-4-10-141237-5 C0193